Une si longue nuit

Mary Higgins Clark

Une si longue nuit

ROMAN

Traduit de l'anglais
par Anne Damour

LE GRAND LIVRE DU MOIS

Titre original :

ALL THROUGH THE NIGHT

Traduction française :

22, rue Huyghens, 75014 Paris

ISBN : 2-7028-2425-0

A John, tendrement,
et pour Mgr Bootkoski,
avec toute mon affection.

1

Prologue

Il restait encore vingt-deux jours avant Noël, mais cette année Lenny avait commencé tôt ses achats. Certain que personne n'avait remarqué sa présence, immobile, osant à peine respirer, il regarda depuis le confessionnal le révérend père Ferris faire sa ronde habituelle et fermer l'église pour la nuit. Avec un sourire sarcastique, il attendit impatiemment que les portes latérales fussent verrouillées et les lumières éteintes dans le sanctuaire. Puis, s'apercevant que le prêtre empruntait la travée de droite qui l'amènerait à passer devant le confessionnal, il se recroquevilla au fond de sa cachette. Une latte du plancher grinça et il ravala un juron. A travers la fente du rideau, il vit le père s'arrêter, tendre l'oreille, comme s'il cherchait à entendre un nouveau bruit.

A regret, Lenny porta la main à son arme. Il l'utiliserait si nécessaire.

Mais, manifestement rassuré, le père Ferris reprit sa marche vers le fond de l'église. Un moment plus tard, la lumière du vestibule s'éteignit, et une porte s'ouvrit et se referma. Lenny poussa un soupir — il était seul à l'intérieur de l'église St. Clement dans la 103e Rue Ouest de Manhattan.

Sondra se tenait sur le seuil d'un immeuble de trois étages en face de l'église. Le bâtiment était en travaux et dans la rue un échafaudage le dissimulait à la vue des passants. Avant d'abandonner l'enfant, elle voulait s'assurer que le père Ferris avait quitté l'église et regagné le presbytère. Elle avait assisté à la messe ces deux derniers jours et s'était familiarisée avec l'emploi du temps du prêtre. Elle savait aussi que pendant l'Avent il disait le rosaire à sept heures.

Epuisée par la tension et la fatigue de son tout récent accouchement, les seins gonflés par la montée de lait, elle s'appuya contre le chambranle de la porte. Un faible gémissement monta de l'intérieur de son manteau à demi boutonné, et ses bras esquissèrent instinctivement le geste que font toutes les mères pour bercer leur enfant.

Sur une simple feuille de papier qu'elle laisserait avec le bébé, elle avait inscrit tout ce qu'elle pouvait révéler sans risque : « Veuillez donner à ma petite fille une famille aimante et dévouée. Son père est d'origine italienne ; mes grands-parents sont nés en Irlande. Aucune des deux familles n'ayant de maladies héréditaires à ma connaissance, elle devrait être en bonne santé. Je l'aime, mais je suis dans l'incapacité de subvenir à ses besoins. Si elle cherche un jour à savoir qui je suis, montrez-lui ce billet, s'il vous plaît. Dites-lui que les moments les plus doux de ma vie resteront à jamais ceux où je l'ai tenue dans mes bras après sa naissance. Pendant ces brèves heures, rien d'autre n'a existé qu'elle et moi, rien au monde. »

Sondra sentit sa gorge se serrer en voyant la haute silhouette un peu voûtée du prêtre sortir de l'église et entrer directement dans le presbytère voisin. Le moment était venu.

Elle avait apporté des vêtements et de quoi nourrir l'enfant : deux brassières, une longue chemise de nuit, une veste à capuchon et des chaussons, des biberons et du lait en poudre, sans oublier les changes. Elle avait enveloppé le nouveau-né comme un bébé esquimau, dans deux langes et un nid-d'ange de laine épaisse, et au dernier moment, parce que la nuit était glaciale, elle avait apporté un sac d'emballage en papier kraft. Elle avait lu quelque part que le papier était un bon isolant contre le froid. Non que l'enfant risquât de rester longtemps dehors, naturellement — juste le temps de trouver un téléphone public et d'appeler le presbytère.

Elle déboutonna lentement son manteau, s'efforçant de remuer le moins possible le petit corps, soutenant sa tête avec précaution. La faible lueur d'un réverbère lui permit de distinguer le visage de son enfant. « Je t'aime, murmura-t-elle passionnément. Je t'aimerai toujours. » Le bébé ouvrit les paupières pour la première fois. Sondra plongea ses yeux marron dans le regard couleur d'eau, ses longs cheveux blond foncé se mêlèrent au duvet naissant ; les minuscules lèvres se crispèrent, cherchant le sein maternel.

Sondra pressa la tête de l'enfant contre son cou, sa bouche s'attarda sur la joue soyeuse. Puis, d'un geste décidé, elle glissa la forme menue dans le sac d'emballage, saisit la poussette d'occasion pliée à côté d'elle, et la prit sous son bras.

Elle attendit qu'il n'y eût plus personne près de l'endroit où elle se cachait, s'approcha du bord du trottoir et inspecta les alentours. La circulation était arrêtée un peu plus loin à un feu rouge et il n'y avait aucun piéton en vue.

Les files de voitures stationnées de chaque côté de la rue permirent à Sondra de rester à l'abri des regards pendant qu'elle s'élançait vers le presbytère. Là, elle grimpa à la hâte les trois marches qui menaient à l'étroit perron et déplia la poussette. Après avoir enclenché le frein, elle déposa doucement le bébé sous la capote et plaça le paquet de vêtements et de biberons à ses pieds. Elle s'agenouilla un instant, contemplant une dernière fois son enfant. « Adieu », murmura-t-elle. Puis elle se redressa, descendit les marches en courant, et partit en direction de Columbus Avenue.

Elle téléphonerait au presbytère depuis une cabine située deux blocs plus loin.

Lenny se vantait de pouvoir entrer et sortir d'une église en moins de trois minutes. On ne savait jamais si elles étaient équipées ou non d'une alarme silencieuse, pensa-t-il en ouvrant son sac à dos pour y prendre une lampe torche. Pointant le faisceau vers le sol, il accomplit rapidement son parcours habituel. Le tronc, pour commencer. Les dons étaient moins généreux ces derniers temps, avait-il constaté, mais cette fois-ci il y avait plus d'argent qu'à l'accoutumée, entre trente et quarante dollars.

Les casiers des offrandes sous les cierges rapportèrent davantage que ceux des dix églises qu'il avait visitées récemment. Il y en avait sept, placés à intervalles réguliers devant les différents saints. D'un geste habile, il fit sauter les serrures et les vida.

Au cours du mois précédent, il avait assisté à la messe à deux ou trois reprises afin de repérer les lieux. Il avait observé que le prêtre consacrait le pain et le vin dans des timbales ordinaires, aussi ne prit-il pas la peine de forcer le tabernacle de l'autel, sachant qu'il ne contiendrait rien d'intéressant. Il n'en éprouvait d'ailleurs aucun regret, au contraire. Les deux années qu'il avait passées à l'école paroissiale avaient laissé quelques traces, semblait-il, car il éprouvait toujours une sensation de malaise quand il effectuait certains actes. Cambrioler les églises n'était décidément pas son truc.

Par contre, il n'éprouva aucun remords à partir avec le trophée qu'il était venu chercher en premier lieu, le calice d'argent au socle incrusté d'un diamant étoilé. Il avait appartenu à Mgr Joseph Santori, le fondateur de la paroisse St. Clement cent ans plus tôt, et c'était le seul et unique trésor de cette église historique.

Un tableau représentant l'évêque était accroché au-dessus d'un tabernacle d'acajou, dans une niche à la droite du sanctuaire. Le tabernacle était ouvragé et muni d'une grille destinée à la fois à exposer et protéger le calice. A la fin de la messe l'autre jour, Lenny s'était approché pour lire la plaque commémorative.

> «A l'occasion de son ordination à Rome, le père Joseph Santori a reçu ce vase des mains de la comtesse Maria Tomicelli. Il appartenait à la famille Tomicelli depuis les débuts de la Chrétienté. A l'âge de quarante-cinq ans, Joseph Santori fut consacré évêque et affecté au diocèse de Rochester. A sa retraite, à l'âge de soixante-quinze ans, il retourna à St. Clement où il passa le restant de sa vie à

s'occuper des pauvres et des vieillards. La réputation de sainteté de Mgr Santori était si grande qu'après sa mort une pétition fut transmise au Saint-Siège afin de proposer sa béatification, un projet toujours en cours aujourd'hui. »

Le diamant rapporterait un paquet, pensa Lenny en brandissant sa hachette. En deux coups secs il brisa les gonds du tabernacle, puis en ouvrit rapidement les portes et saisit le calice. Redoutant d'avoir déclenché une alarme silencieuse, il s'élança vers une des portes latérales de l'église, la déverrouilla, poussa le vantail, pressé de s'enfuir.

Dehors, alors qu'il obliquait vers l'ouest pour rejoindre Columbus Avenue, l'air froid sécha rapidement la sueur qui mouillait son visage et son dos. Il savait que dès qu'il aurait atteint l'avenue, il se fondrait aisément dans la foule des piétons. Mais au moment où il passait devant le presbytère, le hurlement d'une sirène de police déchira l'air.

Il y avait deux couples dans la rue, marchant dans la même direction que lui, cependant il n'osa pas se mettre à courir pour les rattraper. Ce serait la meilleure façon de se trahir. C'est alors qu'il aperçut la voiture d'enfant sur les marches du presbytère. Il ne lui fallut qu'un instant pour s'en emparer. Elle semblait vide à l'exception de deux sacs en papier. Il y ajouta son sac à dos et accéléra l'allure pour rejoindre les couples qui le précédaient. Une fois qu'il les eut rattrapés, il marcha tranquillement derrière eux.

La voiture de police arriva en trombe et s'arrêta dans un hurlement de pneus à la hauteur de l'église. Une fois dans Columbus Avenue, Lenny se dépêcha, ne craignant plus d'être repéré. Par une nuit aussi froide, les piétons se hâtaient, impatients d'atteindre leur destination. Il lui suffisait de se mêler à eux. Pour quelle raison aurait-on remarqué un homme de taille moyenne, d'une trentaine d'années, aux traits anguleux, coiffé d'une casquette et vêtu d'une veste ordinaire de couleur sombre poussant devant lui une vieille voiture d'enfant ?

Le téléphone public d'où Sondra avait prévu d'appeler le presbytère était occupé. Folle d'anxiété, le cœur serré à la pensée d'avoir abandonné son bébé, elle hésita à interrompre l'occupant de la cabine, un homme en uniforme de vigile. Elle pourrait expliquer qu'il s'agissait d'un cas d'urgence.

Non, je ne peux pas faire ça, pensa-t-elle, au désespoir. Demain, si l'on parle du bébé dans la presse, il risquerait de se souvenir de moi et de prévenir la police. Consternée, elle enfonça ses mains dans ses poches, cherchant les pièces de monnaie nécessaires pour téléphoner et le papier sur lequel elle avait inscrit le numéro du presbytère, bien inutilement car elle le savait par cœur.

On était le 3 décembre et déjà les illuminations et les décorations de Noël brillaient aux vitrines des magasins et des restaurants de Columbus Avenue. Un couple d'amoureux passa devant elle, se tenant par la main, tournant l'un vers l'autre leur visage radieux. La jeune fille semblait avoir dix-huit ans — comme moi, songea tristement Sondra, encore qu'elle se sentît infiniment plus vieille, et à des lieues de cette jeune et joyeuse insouciance.

Il faisait de plus en plus froid. Le bébé était-il suffisamment emmitouflé ? Elle ferma les yeux. Oh, mon Dieu, faites que cet homme raccroche, pria-t-elle, que je puisse téléphoner à mon tour.

Un instant plus tard, elle entendit le déclic

du récepteur sur son support. Elle attendit que l'homme se fût éloigné de quelques pas avant de décrocher l'appareil, d'introduire les pièces et de composer le numéro.

« Le presbytère de St. Clement, j'écoute. » C'était la voix d'un homme âgé. Sans doute celle du vieux prêtre qu'elle avait vu à la messe.

« Pourrais-je parler au père Ferris, je vous prie ?

— Je suis le frère Dailey. Je peux peut-être vous aider. Le révérend père est à l'extérieur avec la police. Nous avons eu un problème urgent. »

Sondra raccrocha doucement. Ils avaient trouvé l'enfant. Son bébé était en sécurité à présent, et le père Ferris ferait en sorte qu'il soit placé dans une bonne famille.

Une heure plus tard, elle était dans le bus, en route pour l'université de Birmingham où elle était étudiante en musique, une étudiante au talent exceptionnel, promise à un avenir de virtuose.

C'est en pénétrant dans l'appartement de sa vieille tante que Lenny entendit soudain le vagissement du nouveau-né.

Stupéfait, il regarda à l'intérieur de la poussette. Voyant remuer le sac en papier, il le déchira d'un geste sec et contempla d'un air éberlué son minuscule occupant. Il détacha le billet épinglé à la couverture, le lut et lâcha un juron.

Depuis la chambre au fond de l'étroit couloir, sa tante appela : « C'est toi, Lenny ? » Il n'y avait aucune chaleur, aucun accent de bienvenue dans la question prononcée avec un fort accent trahissant ses origines italiennes.

« Oui, tante Lilly. » Pas moyen de cacher le bébé. Il devait trouver une solution. Qu'allait-il pouvoir inventer ?

Lilly Maldonado vint le rejoindre dans le séjour. Agée de soixante-quatorze ans, elle en paraissait dix de moins. Ses cheveux coiffés en chignon serré étaient encore abondamment mêlés de mèches noires ; elle avait de grands yeux marron au regard perçant, un corps ample, de petite taille, un pas vif et décidé.

Avec la mère de Lenny, sa cadette, elle avait émigré aux Etats-Unis peu après la Seconde Guerre mondiale. Couturière expérimentée, elle avait épousé un tailleur de son village natal de Toscane et travaillé aux côtés de son mari dans leur minuscule atelier de l'Upper West

Side jusqu'au jour de sa mort, cinq ans auparavant. Aujourd'hui, elle travaillait à domicile, se déplaçant chez ses fidèles clientes dont elle confectionnait ou transformait les vêtements pour des sommes modiques.

Mais, comme le faisaient observer ces mêmes clientes, en échange des maigres rémunérations demandées par Lilly, elles étaient obligées d'écouter d'une oreille compatissante les interminables histoires concernant son insupportable neveu Lenny.

A genoux, une boule d'épingles à ses côtés, notant avec soin les mesures tandis qu'elle marquait à la craie la longueur des ourlets, Lilly soupirait, puis se lançait dans sa litanie habituelle : « C'est mon neveu. Il me rend folle. Une source d'ennuis depuis le jour de sa naissance. A l'école ? Je préfère ne pas en parler. Arrêté par la police. Envoyé deux fois en maison de correction. Est-ce que cela lui a servi de leçon ? Pas du tout. Incapable de garder le même travail. Pourquoi ? Ma sœur, sa maman, que Dieu ait son âme, a toujours été trop gentille avec lui. Bien sûr que je l'aime — il fait partie de ma famille — mais il me rend folle. Comment pourrais-je en supporter davantage ? Il débarque à n'importe quelle heure du jour ou de la nuit. De quoi vit-il d'ailleurs, je vous le demande ! »

Aujourd'hui, après une prière fervente à son cher saint François d'Assise, Lilly Maldonado avait pris une décision. Elle avait tout tenté, en vain. Rien, absolument rien ne ferait changer Lenny. Donc, elle allait s'en laver les mains une bonne fois pour toutes.

Lilly était tellement concentrée sur le discours qu'elle s'apprêtait à adresser à son neveu qu'elle ne remarqua pas immédiatement la voiture d'enfant dans l'entrée faiblement éclairée.

Les bras croisés, la voix ferme, elle annonça : « Lenny, l'autre jour tu m'as demandé si tu pouvais dormir ici pendant une ou deux nuits. Ça dure depuis trois semaines maintenant. Je ne veux plus que tu restes chez moi. Fais tes valises et déguerpis. »

Sa voix forte et aiguë fit peur au bébé, qui poussa un vagissement.

« Qu'est-ce que c'est ? » s'exclama Lilly. C'est alors seulement qu'elle aperçut la poussette derrière son neveu. D'un geste brusque, elle écarta Lenny et se pencha pour regarder sous la capote. Stupéfaite, elle se releva : « Qu'est-ce que tu as inventé à présent ? Où as-tu trouvé ce bébé ? »

Lenny réfléchit rapidement. Il ne voulait pas quitter l'appartement. C'était l'endroit idéal où loger, et la présence de sa tante lui apportait la respectabilité nécessaire. Il avait lu le billet rédigé par la mère du nouveau-né, et immédiatement échafaudé un plan.

« C'est mon bébé, tante Lilly. La mère est une fille dont je suis tombé amoureux. Mais elle a l'intention d'aller s'installer en Californie et veut faire adopter notre enfant. Et moi je ne veux pas ; je veux le garder. »

Entre-temps, le vagissement s'était mué en hurlement. Les petits poings battaient l'air.

Lilly défit le paquet qui était resté au pied du bébé. « Ce bout de chou a faim, décréta-t-elle. Au moins ta petite amie a-t-elle laissé de quoi le nourrir. » Elle sortit un des biberons et le tendit à Lenny. « Tiens, va le faire réchauffer. »

Mais quand elle déroula la couverture qui enveloppait le petit corps, son expression changea. Elle souleva l'enfant et le prit dans le creux de son bras. « Quel amour ! Comment ta maman a-t-elle pu t'abandonner ? » Elle regarda Lenny. « Quel est son nom ? »

Lenny se remémora le diamant étoilé du calice. « C'est une fille. Elle s'appelle Star, tante Lilly.

— Star, murmura Lilly Maldonado, cherchant à calmer les pleurs du bébé. En Italie on l'appellerait Stellina. Petite étoile. »

Les yeux mi-clos, Lenny observa le lien qui était en train de s'établir entre le nouveau-né et la vieille dame. Personne ne viendrait réclamer cette petite. Ce n'était pas comme s'il l'avait enlevée, et de toute façon, si l'on découvrait un jour quelque chose à son propos, il détenait le billet prouvant qu'elle avait été abandonnée. Il savait que le mot signifiant grand-mère en italien était *nonna.* Alors qu'il se dirigeait rapidement vers la cuisine pour y faire chauffer le biberon, Lenny murmura avec satisfaction : « Star, ma petite, je t'ai dégoté une *nonna.* Quant à moi, je me suis trouvé un gîte. »

2

Sept ans plus tard

Assis au piano qu'Alvirah lui avait acheté pour son soixante-deuxième anniversaire, Willy Meehan s'appliquait à déchiffrer une partition de musique dans la méthode *John Thompson* pour adultes débutants. Peut-être aurais-je moins de mal si je fredonnais les notes en même temps, pensa-t-il. « Dors, mon enfant, dors, et que la paix... », commença-t-il.

Willy a vraiment une belle voix, se dit Alvirah en pénétrant dans la pièce. *En cette longue nuit* est un de mes airs favoris, se souvint-elle, regardant tendrement l'homme qu'elle avait épousé quarante ans plus tôt. De profil, avec sa masse de cheveux blancs, ses traits accusés, ses yeux bleus pétillants et son sourire chaleureux, Willy ressemblait de façon frappante à l'ancien parlementaire Tip O'Neill.

Au regard aimant d'Alvirah, il était tout simplement magnifique dans le costume de ville bleu marine qu'il avait mis pour aller assister aux funérailles de Bessie Durkin Maher. Pour sa part, Alvirah avait dû renoncer à son tailleur bleu taille 42 pour une robe noire plus ample. Willy et elle étaient rentrés la veille de leur croisière dans les îles grecques, et les fastes gastronomiques du bord avaient porté un coup fatal à sa ligne.

« Ses anges gardiens le Seigneur t'enverra », chanta Willy.

C'est à nous que le Seigneur a envoyé ses anges, pensa Alvirah en se dirigeant vers la fenêtre pour admirer la vue extraordinaire sur Central Park.

A peine un peu plus de deux ans auparavant, Alvirah, alors femme de ménage, et Willy, plombier de son état, vivaient à Jackson Heights, dans Queens, dans l'appartement en location qu'ils avaient toujours habité depuis le début de leur mariage. Ce soir-là, Alvirah tombait de fatigue après une journée particulièrement épuisante chez Mme O'Keefe, qui avait décrété une bonne fois pour toutes qu'elle n'en avait pas pour son argent si Alvirah ne déplaçait pas tous les meubles de toutes les pièces quand elle passait l'aspirateur. Néanmoins, comme chaque mercredi et samedi, Willy et elle avaient pris le temps de regarder à la télévision les résultats du loto. Ils avaient failli avoir une crise cardiaque en voyant leurs numéros, ceux qu'ils jouaient à chaque fois, sortir à la suite les uns des autres.

Et ils s'étaient brusquement rendu compte qu'ils avaient gagné quarante millions de dollars, se rappela Alvirah, encore étonnée aujourd'hui d'avoir eu autant de chance.

Nous n'avons pas seulement eu de la chance, en vérité, nous avons été bénis de Dieu, se reprit-elle, perdue dans la contemplation de la vue. Il était sept heures moins le quart et Central Park offrait un spectacle d'une beauté infinie sous la neige fraîchement tombée en un lumineux manteau blanc sur les arbres et les pelouses. Au loin, les décorations de Noël illuminaient les abords du restaurant *Tavern on the Green.* Serpentant le long des routes, les phares des voitures et des taxis formaient une rivière de lumières. Partout ailleurs, on aurait seulement parlé de circulation automobile, pensa-t-elle, rêveuse. Les calèches, dont elle devinait la présence dans le parc sans les voir, lui rappelaient invariablement les histoires que lui racontait sa mère, qui avait grandi à proximité de Central Park au début du siècle. De même que la vue des patineurs qui tournoyaient sur le Wollman Rink évoquait le souvenir de ces lointaines soirées où elle faisait du patin à roulettes au son d'un orgue de Barbarie dans le Bronx.

Après avoir gagné au loto, avec des revenus de deux millons de dollars par an avant impôt, Willy et elle étaient venus s'installer dans ce luxueux appartement. Elle avait toujours rêvé d'habiter sur Central Park, et par-dessus le marché c'était un excellent investissement. Cependant, ils avaient conservé leur ancien logement dans Jackson Heights, au cas où l'Etat de New York ferait faillite et cesserait de les payer.

A vrai dire, Alvirah avait fait bon usage de sa nouvelle fortune. Elle avait su en profiter largement tout en se montrant généreuse envers diverses associations caritatives. En outre, elle avait eu quelques aventures mémorables. Lors d'une cure de remise en forme dans l'établissement de Cypress Point, à Pebble Beach, son esprit d'investigation lui avait valu de frôler la mort. Une expérience grâce à laquelle elle avait été engagée comme chroniqueuse par le *New York Globe*, et une chose en amenant une autre, avec l'aide d'un micro dissimulé dans une broche fixée au revers de sa veste, elle avait résolu plusieurs affaires criminelles, se taillant peu à peu la réputation d'un véritable détective — amateur, naturellement.

Quant aux compétences de Willy en matière de plomberie, elles étaient aujourd'hui exclusivement mises à contribution par sa sœur aînée, sœur Cordelia, qui s'occupait de pauvres et de personnes âgées dans l'Upper West Side. Régulièrement elle lui demandait de venir réparer les lavabos, les toilettes et les chaudières dans les logements de ses protégés.

La veille de leur départ en croisière, Willy avait travaillé toute la nuit à remettre en état le premier étage d'un ancien magasin de meubles où Cordelia avait installé une boutique de vêtements d'occasion dont les revenus étaient distribués aux pauvres. Baptisé l'Arche, l'endroit faisait également office de garderie pour de jeunes enfants dont les parents travaillaient.

Bref, Alvirah avait décidé qu'il était agréable d'avoir de l'argent à condition de ne pas oublier comment s'en passer. Tant mieux si nous pouvons aider les autres, se disait-elle, mais si nous devions perdre jusqu'à notre dernier sou, nous serions heureux malgré tout, aussi longtemps que nous resterons ensemble. «*En cette longue nuit*», conclut Willy dans un crescendo final. «Tu es prête, chérie?» demanda-t-il en repoussant son tabouret.

Alvirah se tourna vers lui. «Allons-y. Tu es formidable. Tu joues avec beaucoup d'émotion. La plupart des gens ne prêtent aucune attention à ce qu'ils chantent.»

Un sourire effleura les lèvres de Willy. Sur le coup, il avait regretté d'avoir avoué à Alvirah qu'il aurait aimé jouer du piano quand il était enfant, mais aujourd'hui il éprouvait une réelle satisfaction à tapoter sans fausse note un air entier.

«Si j'ai joué si lentement, c'est simplement parce que je suis infichu de déchiffrer la musique plus rapidement, dit-il d'un ton rieur. De toute façon, il est temps de nous mettre en route.»

Le funérarium se trouvait dans la 96e Rue, non loin de Riverside Drive. Tandis que leur taxi progressait avec difficulté vers le nord de la ville, Alvirah songea à ses amies Bessie et Kate Durkin. Elle les avait connues des années auparavant. Kate était alors vendeuse chez Macy's, et Bessie tenait la maison d'un juge à la retraite et de sa femme malade. A la mort de cette dernière, Bessie avait donné sa démission, prétextant ne pas pouvoir rester sous le même toit que le juge sans la présence d'une autre femme à la maison.

Une semaine plus tard, le juge Aloysius Maher l'avait demandée en mariage, et après soixante ans de célibat Bessie avait accepté sans hésiter son offre. Une fois mariée, elle s'était installée dans la grande et belle maison de l'Upper West Side.

Après quarante années de mariage, et de mariage heureux par surcroît, Willy et Alvirah avaient atteint le stade où la même pensée les traversait sans qu'ils aient besoin d'en discuter. « Bessie ne s'était pas trompée le jour où elle a rendu son tablier, fit remarquer Willy, devinant les réflexions d'Alvirah. Elle savait que si elle ne mettait pas le grappin sur le juge avant que d'autres femmes s'en chargent, elle n'avait pas la moindre chance. Elle avait toujours considéré que cette maison lui appartenait, et elle n'aurait pas supporté d'en être chassée.

— Tu as raison, elle adorait cette maison. Et franchement, elle remplissait à la perfection sa tâche. C'était une parfaite maîtresse de maison et elle cuisinait divinement. Sitôt prêt, sitôt servi. Avec elle, le juge a vécu comme un coq en pâte. »

Willy n'avait jamais porté Bessie Durkin dans son cœur. « Elle savait ce qu'elle faisait. Le juge n'a duré que huit ans. Bessie a hérité de la maison ainsi que d'une rente confortable, elle a invité Kate à la rejoindre, et c'est elle ensuite qui a vécu comme un coq en pâte.

— Kate est une sainte, admit Alvirah. Naturellement, la maison lui appartiendra maintenant que Bessie n'est plus là. Elle aura une rente, également. Elle devrait vivre à l'aise, dorénavant. »

Ragaillardie par sa remarque pleine d'optimisme, elle jeta un coup d'œil par la fenêtre. « Oh, Willy, regarde ces décorations de Noël à toutes les fenêtres ! Elles sont si jolies. Dommage que Bessie soit morte si peu de jours avant les vacances ; elle aimait tellement cette période.

— Nous ne sommes que le 4 décembre, fit remarquer Willy. Elle n'a pas raté Thanksgiving, en tout cas !

— C'est vrai. Et je suis heureuse que nous l'ayons fêté avec elle et Kate. Te souviens-tu de son appétit quand elle a mangé sa dinde ? Elle n'en a pas laissé une miette.

— Pas plus que du reste, fit Willy. Nous y voilà. »

Comme leur taxi se garait le long du trottoir, un employé du funérarium vint leur ouvrir la portière et d'une voix sourde leur annonça que Bessie Durkin Maher reposait dans le salon est. Ils parcoururent lentement le couloir à sa suite. Les effluves lourds et sucrés des fleurs emplissaient l'atmosphère.

« Ce genre d'endroit me fiche la chair de poule, marmonna Willy. Ça sent toujours l'œillet fané. »

Dans le salon situé à l'est, ils rejoignirent un groupe d'une trentaine de personnes, parmi lesquelles Vic et Linda Baker, le couple qui louait le dernier étage de la maison de Bessie. Ils se tenaient auprès de Kate à la tête du cercueil et, comme les membres de la famille, recevaient les condoléances en même temps qu'elle.

« Qu'est-ce que ça signifie ? » murmura Willy à Alvirah comme ils attendaient leur tour pour exprimer leur compassion à Kate.

De treize ans plus jeune que sa redoutable sœur, Kate était une vigoureuse septuagénaire couronnée d'un casque de cheveux blancs, et dont les yeux bleus au regard vif et chaleureux étaient en ce moment emplis de larmes.

Bessie avait passé sa vie à la houspiller, se rappela Alvirah, entourant Kate de ses bras. « C'est ce qui pouvait arriver de mieux, Kate, dit-elle fermement. Si Bessie avait survécu à cette attaque, elle aurait été complètement invalide et ne l'aurait pas supporté.

— Tu as raison, dit Kate, essuyant une larme. Elle ne l'aurait pas supporté. Je crois que je l'ai toujours considérée à la fois comme ma sœur et ma mère. Elle pouvait se montrer rigide par certains côtés, mais elle avait bon cœur.

— Elle va nous manquer », dit Alvirah, entendant Willy soupirer derrière elle.

Pendant que Willy embrassait affectueusement Kate, Alvirah se tourna vers Vic Baker. Il semblait tellement guindé dans sa tenue de deuil qu'on eût dit un des personnages de la famille Addams. Trapu, la trentaine largement franchie, il avait un visage poupin, des cheveux bruns et des yeux d'un bleu de porcelaine au regard perçant ; il portait un costume noir et une cravate noire. A ses côtés, Linda, son épouse, également vêtue de noir, pressait un mouchoir contre son visage.

S'évertuant à verser une larme, je présume, se dit ironiquement Alvirah. Elle avait rencontré Vic et Linda le jour de Thanksgiving. Sachant Bessie proche de la fin, Kate avait invité Alvirah et Willy à partager leur repas de fête, avec sœur Cordelia, sœur Maeve Marie et le révérend Thomas Ferris, le curé de St. Clement, qui habitait le presbytère mitoyen ave la maison de Bessie dans la 103e Rue Ouest.

Vic et Linda étaient passés à la fin du repas, et Alvirah avait eu l'impression que Kate s'était intentionnellement abstenue de les inviter à rester pour le dessert. En quel honneur se comportaient-ils comme s'ils conduisaient le deuil ? Alvirah doutait fortement de la tristesse qu'affichait Linda, la tenant pour une simulatrice.

Elle peut paraître très jolie aux yeux de beaucoup, j'en conviens, se dit-elle, examinant d'un coup d'œil les traits réguliers de Linda, mais je n'aimerais pas me trouver en travers de sa route. Il y a une froideur dans son regard qui ne me dit rien de bon, et cette coiffure hérissée avec tous ces reflets cuivrés, c'est d'un vulgaire !

« … si elle était ma propre mère », disait Linda, des sanglots dans la voix.

Willy, naturellement, avait entendu la remarque et ne put s'empêcher d'ajouter son grain de sel. « Vous louez cet appartement depuis moins d'un an, n'est-ce pas ? » demanda-t-il.

Sans attendre la réponse, il prit le bras d'Alvirah et l'entraîna vers le banc de prière auprès du cercueil.

Dans la mort comme dans la vie, Bessie Durkin semblait avoir la situation bien en main. Vêtue de sa plus belle robe imprimée, portant le rang de perles de culture que le juge lui avait offert le jour de leur mariage, parfaitement coiffée, elle arborait l'expression satisfaite de quelqu'un qui tout au long de son existence a eu l'habitude de voir les gens se plier à ses désirs.

Plus tard, lorsque Alvirah et Willy furent sur le point de partir, ils dirent au revoir à Kate, lui promettant d'assister au service funèbre à St. Clement et de l'accompagner au cimetière dans le fourgon mortuaire. « Sœur Cordelia viendra également, leur dit Kate. Willy, je me suis fait du souci à son sujet pendant la semaine où tu as été absent. Elle est très tendue depuis quelque temps. L'administration lui mène la vie dure au sujet du foyer de l'Arche.

— C'était prévisible, dit Willy. J'ai téléphoné aujourd'hui, mais elle était sortie et ne m'a pas rappelé. Je m'attendais à la voir ici ce soir. »

Parcourant la pièce du regard, Kate vit Linda Baker se diriger vers eux. Elle baissa le ton. « J'ai demandé à sœur Cordelia de venir nous rejoindre à la maison après les funérailles, murmura-t-elle. J'aimerais que vous veniez aussi, ainsi que le révérend père. »

Ils prirent congé, et, Willy ayant déclaré qu'il avait besoin de prendre l'air pour se débarrasser de l'odeur entêtante des fleurs, ils décidèrent de marcher un peu avant de héler un taxi.

« As-tu remarqué que Linda Baker s'est précipitée vers nous quand elle a vu que nous parlions avec Kate ? demanda Alvirah à Willy tandis qu'ils avançaient bras dessus bras dessous en direction de Columbus Avenue.

— Tu parles que je l'ai vu ! J'avoue qu'il y a quelque chose chez cette femme qui me tracasse. Et maintenant, je suis inquiet pour Cordelia également. Elle n'est pas de la première jeunesse, et je crois qu'elle présume de ses forces en voulant s'occuper de tous ces gosses à la sortie de l'école.

— Willy, il suffit de les tenir au chaud et de les surveiller jusqu'à ce que leurs mères viennent les reprendre après leur travail. Qui pourrait y trouver à redire ?

— La municipalité. Qu'on le veuille ou non, il y a des lois et des règlements concernant la garde des enfants. Bon, j'ai assez respiré l'air frais. Prenons un taxi. »

3

« QU'ON le veuille ou non, il y a des lois et des règlements, dit sœur Cordelia avec un soupir, répétant inconsciemment les paroles mêmes que Willy avait prononcées la veille. Ils m'ont fixé une date limite, le 1er janvier, et l'inspecteur Pablo Torres m'a dit qu'il avait usé de toutes les possibilités légales pour prolonger le délai jusque-là. »
Il était une heure de l'après-midi, et Bessie Durkin venait de rejoindre trois générations de Durkin dans son ultime lieu de repos au cimetière de Calvary.

Willy et Alvirah, le père Ferris, sœur Cordelia et son assistante, sœur Maeve Marie, vingt-neuf ans, précédemment fonctionnaire de la police de New York, étaient à table dans la maison de Bessie, savourant un jambon de Virginie, une salade de pommes de terre et des petits pains au levain préparés par Kate.

« Quelqu'un désire-t-il autre chose ? s'enquit Kate de sa voix douce, s'affairant parmi ses invités.

— Kate, assieds-toi », ordonna Alvirah. Elle se tourna vers Cordelia. « Quels sont donc ces problèmes qui paraissent à ce point insurmontables ? » demanda-t-elle.

Pendant un instant l'expression soucieuse qui assombrissait le visage de la religieuse se dissipa. « Rien que tu puisses arranger, Alvirah. Nous avons trente-six gamins, de six à onze ans, qui viennent chez nous après l'école. J'ai demandé à Pablo s'il préférait les voir traîner dans la rue. Je lui ai demandé ce que nous faisions de répréhensible. Nous leur distribuons un goûter. Nous avons rassemblé quelques lycéens sérieux qui viennent les aider à faire leurs devoirs et jouer avec eux. Il y a toujours des adultes bénévoles dans la boutique de vêtements, si bien qu'ils sont constamment surveillés. Les mères et les pères viennent rechercher leur progéniture à six heures et demie. Nous ne réclamons aucune rétribution financière, bien entendu. Les infirmières des écoles ont contrôlé la santé des enfants qui viennent chez nous. Elles n'ont jamais fait aucune critique. »

Cordelia soupira et secoua la tête.

« Nous n'ignorons pas que l'immeuble est en vente, expliqua sœur Maeve. Mais il s'écoulera au moins un an avant que nous ne soyons obligées de partir. Nous avons enduit et repeint à neuf tout le deuxième étage où se tiennent les enfants, il n'y a plus une seule trace de peinture écaillée nulle part. Il semble pourtant qu'il y ait encore des problèmes, car il paraît qu'on a utilisé de la peinture au plomb autrefois. La mère supérieure a demandé à Pablo s'il avait inspecté certains des endroits où habitent ces enfants et comparé les conditions dans lesquelles ils vivent avec celles de l'Arche. Il a répondu que ce n'était pas lui qui établissait les règlements. Il a dit qu'il était obligatoire d'avoir deux issues, sans compter l'échelle de secours à l'extérieur du bâtiment. »

Sœur Cordelia l'interrompit : « L'escalier est assez large pour que cinq enfants le descendent de front, mais personne n'en tient compte. Maeve, nous pourrions continuer indéfiniment sur ce thème. Le résultat final est que dans moins de quatre semaines, il faudra fermer les portes du foyer, et si ces enfants se présentent, nous ne pourrons que les renvoyer chez eux dans un appartement désert, sans surveillance ni sécurité. »

Le père Ferris tendit sa tasse à Kate qui s'apprêtait à servir le thé. « Merci, Kate. Je pense qu'il est temps à présent de faire partager à nos amis la bonne nouvelle. »

Kate eut l'air intimidé. « Je préférerais que vous le fassiez, mon père, s'il vous plaît.

— Avec plaisir. Bessie, Dieu ait son âme, n'ignorait pas que sa fin était proche et le lendemain de Thanksgiving elle m'avait prié de lui rendre visite. »

Faites que cette nouvelle soit celle que j'attends, pria Alvirah en elle-même.

L'expression habituellement réservée du père Ferris s'était animée à la perspective de la communication qu'il s'apprêtait à leur faire. Il lissa ses cheveux argentés encore un peu ébouriffés par le vent qui s'était levé au cimetière, puis il sourit. « Bessie m'a dit que par testament elle avait légué cette maison à sa sœur, ainsi qu'une rente confortable, mais que Kate lui avait confié son désir de faire don de la maison à sœur Cordelia pour les activités de l'Arche.

— Que les saints du ciel soient remerciés ! s'exclama Cordelia avec ferveur. Oh, Kate !

— Le désir de Kate était de rester ici et d'habiter l'appartement du troisième étage qu'occupent actuellement les Baker. Bessie ne paraissait pas franchement emballée par cette idée, mais elle m'a dit que c'était à Kate de décider et elle m'a prié de m'assurer que rien ne s'opposerait à ces arrangements.

— Personne n'ignore que Bessie m'a toujours traitée comme si j'étais incapable de trouver seule le chemin de l'épicerie, dit Kate affectueusement.

— J'ai promis à Bessie qu'étant donné la proximité du presbytère il serait facile de veiller à la bonne marche des opérations, bien que je considère Kate comme parfaitement apte à gérer ses propres affaires, expliqua le prêtre.

— Je serai heureuse que l'Arche s'installe ici, dit Kate. J'aurais voulu vous proposer mes services dès le début, Cordelia, mais Bessie avait besoin de moi. »

Le père Ferris se leva, souriant à la vue du visage transformé de sœur Cordelia. « J'ai toujours pensé que la prévoyance était une vertu cardinale, fit-il. Il y a donc une bouteille de champagne au frais dans un seau à glace. Un toast en l'honneur des sœurs Durkin, Bessie et Kate, me semble à l'ordre du jour. »

Voilà d'excellentes nouvelles. Alors pourquoi ne suis-je pas tranquille? se demanda Alvirah. Pourquoi cette impression de malaise, ce sentiment que quelque chose va mal tourner? Elle envisagea mentalement toutes les hypothèses et un instant lui suffit pour identifier la source de son inquiétude : les Baker.

« Es-tu certaine que les Baker partiront, Kate? demanda-t-elle. Pas facile par les temps qui courent de mettre des locataires à la porte.

— Sûre et certaine, affirma Kate. Ils ont un bail d'un an, qui vient à échéance en janvier. Il comporte une clause stipulant que sa reconduction dépend uniquement du propriétaire. Tu te souviens de ce jeune homme qui logeait dans l'appartement et qui était un obsédé de la gymnastique? Il faisait des haltères qu'il laissait régulièrement tomber, parfois en plein milieu de la nuit. Bessie était persuadée que la maison allait s'effondrer. Le jour où elle est enfin parvenue à se débarrasser de lui, elle a fait ajouter la clause de renouvellement à l'intention des nouveaux locataires.

— Apparemment elle avait pensé à tout, fit remarquer Willy.

— Je regrette sincèrement d'avoir à leur dire de s'en aller, mais pour être tout à fait franche, je ne serai pas mécontente de les voir partir, dit Kate. Vic Baker passe son temps à rôder dans les parages, proposant ses services pour réparer ceci ou cela. On croirait qu'il est propriétaire des lieux. »

Lorsqu'ils partirent une heure plus tard, Willy et Alvirah raccompagnèrent le père Ferris jusqu'à la porte du presbytère. Le ciel alourdi de nuages était devenu presque noir. Le vent avait forci et il faisait un froid mordant, humide, qui pénétrait jusqu'à la moelle des os.

« Ils prévoient un long hiver, dit Alvirah. Vous vous imaginez d'ici deux semaines obligés d'annoncer à tous ces petits enfants qu'ils ne pourront plus se rendre à l'Arche, où ils sont au chaud et en sécurité ? »

C'était une question de pure forme et, en la posant, Alvirah avait l'esprit ailleurs. Son attention s'était portée de l'autre côté de la rue, où une jeune femme en tenue de jogging se tenait immobile, les yeux rivés sur le presbytère.

« Père, dit-elle, regardez cette femme. Ne trouvez-vous pas étrange la façon dont elle reste plantée là sans bouger ? »

Il hocha la tête. « Je l'ai déjà vue au même

endroit hier, et elle a assisté à la première messe ce matin. Je me suis approché d'elle avant qu'elle parte et lui ai demandé si je pouvais lui être utile à quelque chose. Elle a seulement secoué la tête et s'est pratiquement enfuie. Si elle a un problème dont elle désire parler, je crois préférable qu'elle vienne me trouver de son propre gré. »

D'un geste apaisant Willy posa une main sur le bras d'Alvirah. « N'oublie pas que nous sommes attendus au foyer pour aider Cordelia à préparer la fête de Noël, lui rappela-t-il.

— En clair, occupe-toi de ce qui te regarde. Entendu, je suppose que tu as raison », admit Alvirah avec bonne humeur.

Elle ne put s'empêcher de jeter à nouveau un coup d'œil de l'autre côté de la rue. La jeune femme s'éloignait d'un pas rapide, en direction de l'ouest. Alvirah plissa les yeux afin de mieux distinguer son profil classique que soulignait un port décidé. « Elle me rappelle quelqu'un, fit-elle d'un ton catégorique. Je me demande qui. »

4

Ils parlent de moi, se dit Sondra en s'éloignant à la hâte. Le petit immeuble devant lequel elle s'était arrêtée n'était plus en travaux comme autrefois. Il n'y avait aucun échafaudage derrière lequel s'abriter aujourd'hui tandis qu'elle réfléchissait, hésitante, incapable de prendre une décision.

Mais quelle décision ? Que pouvait-elle faire ? Certes pas effacer le moment où, sept ans plus tôt, elle avait traversé la chaussée, déplié la voiture d'enfant et abandonné son bébé sur le perron du presbytère. Si seulement. Si seulement... Mon Dieu, vers qui me tourner ? Qu'est-il advenu d'elle ? Qui a pris ma petite fille ? Elle refoula ses larmes.

Un taxi inoccupé était bloqué dans les encombrements. Elle leva la main pour héler le chauffeur. « Le Wyndham, 58e Rue, entre la

Cinquième et la Sixième, dit-elle en s'engouffrant à l'arrière.

— Première visite à New York ? demanda le chauffeur.

— Non. » Mais je n'y suis pas revenue depuis sept ans, pensa-t-elle. Elle avait douze ans la première fois. Son grand-père l'avait accompagnée depuis Chicago pour assister à un concert de Midori à Carnegie Hall. Par la suite, ils étaient venus l'entendre à nouveau à deux reprises. « Un jour, tu monteras sur cette scène, lui avait-il promis. Tu es douée. Tu peux obtenir le même succès qu'elle. »

L'arthrite ayant mis fin prématurément à sa carrière de violoniste, son grand-père avait gagné sa vie comme professeur de musique et critique. Et il a subvenu à mes besoins, pensa tristement Sondra — il m'a accueillie chez lui alors qu'il avait déjà soixante ans.

Elle n'avait que dix ans le jour où ses parents avaient été tués dans un accident. Grand-père s'est consacré à moi, m'enseignant tout ce qu'il savait sur le plan musical, se souvint-elle. Et il dépensait ses économies pour m'emmener écouter les plus grands violonistes.

Son talent lui avait valu une bourse à l'université de Birmingham, et c'est là, au cours du printemps de la première année, qu'elle avait rencontré Anthony del Torre, un pianiste qui avait été invité à donner un concert sur le campus. Ce qui s'ensuivit fut à la fois merveilleux et déchirant.

Comment aurais-je pu avouer à grand-père que j'avais une liaison avec un homme marié ? Il m'était impossible de garder l'enfant. Nous n'avions pas d'argent pour payer une nounou. Il me restait encore de longues années d'études devant moi. Et ensuite, si je lui avais avoué la vérité, il en aurait eu le cœur brisé.

Tandis que le taxi avançait lentement au milieu des encombrements, Sondra se remémora les moments douloureux qu'elle avait vécus. Elle avait économisé suffisamment d'argent pour venir à New York, avait réservé une chambre dans un hôtel bon marché le 30 novembre, acheté les vêtements de bébé, les couches, les biberons, le lait en poudre et la poussette. Elle avait repéré l'hôpital le plus proche de son hôtel, avec l'intention de se rendre aux urgences dès les premières contractions. Naturellement, elle avait prévu de donner un faux nom et une fausse adresse. Mais le bébé était arrivé si vite, le 3 décembre ; elle n'avait pas eu le temps d'aller à l'hôpital.

C'est au tout début de sa grossesse qu'elle avait décidé de laisser le bébé à New York. Elle aimait tellement cette ville. Dès sa première visite en compagnie de son grand-père, elle avait su qu'un jour elle vivrait à Manhattan. Elle s'y était immédiatement sentie chez elle. Lors de ce même séjour, son grand-père l'avait emmenée à St. Clement, la paroisse qu'il avait fréquentée durant son enfance. « Chaque fois que je désirais obtenir une faveur, je m'agenouillais sur le banc près du portrait de Mgr Santori et de son calice, lui avait-il raconté. J'avais l'impression qu'il veillait sur moi. Sondra, c'est là que je suis venu le jour où j'ai compris qu'il n'y avait plus d'espoir de guérison, que mes doigts seraient à jamais paralysés par l'arthrite. Je n'ai jamais été aussi proche du désespoir. »

Les jours précédant la naissance du bébé, Sondra s'était souvent introduite furtivement dans l'église de St. Clement ; chaque fois elle s'était agenouillée sur ce même banc, observant les prêtres qui allaient et venaient. Elle avait noté la bonté inscrite sur le visage du père Ferris et compris qu'elle pourrait lui faire confiance, qu'il saurait trouver un foyer pour son bébé.

Où est ma petite fille, à présent? se demanda-t-elle, accablée par le chagrin. Elle était au désespoir depuis la veille. Dès son arrivée à l'hôtel, elle avait téléphoné au presbytère et prétendu être une journaliste chargée d'enquêter sur l'histoire du bébé qui avait été abandonné sur le perron du presbytère le 3 décembre, sept ans auparavant.

La stupéfaction dans la voix de son interlocuteur laissait augurer de ce qui allait suivre. « Un bébé abandonné devant St. Clement? Je crains fort que vous ne fassiez erreur. Je suis ici depuis vingt ans, et rien de semblable n'est jamais arrivé. »

Le taxi tourna dans Central Park South. Il m'arrivait d'imaginer que ses parents adoptifs promenaient mon bébé le long du parc, songea Sondra, qu'ils lui montraient les chevaux et les calèches.

En fin d'après-midi, elle s'était rendue à la bibliothèque municipale et avait demandé à voir le microfilm des quotidiens new-yorkais datés du 4 décembre de l'année en question. La seule référence à St. Clement ce jour-là était la mention d'un vol dans l'église, précisant la disparition du calice de Mgr Santori, le fondateur de l'église, dont le nom était encore vénéré par de nombreux fidèles.

Voilà sans doute ce qui explique la présence de la police ce soir-là ; et pourquoi le révérend père Ferris était sorti lorsque j'ai téléphoné. Et j'ai cru que c'était parce qu'ils avaient trouvé mon enfant.

Alors qui s'était emparé du bébé ? Elle l'avait laissé dans un grand sac en papier pour qu'il ait plus chaud. Des enfants étaient peut-être passés par là et avaient pris la poussette, l'abandonnant ensuite, sans s'apercevoir de son contenu. Et si sa petite fille était morte de froid ?

J'irai en prison, pensa Sondra. Grand-père sera désespéré. Il ne cesse de me répéter que ma réussite le récompense de tous les sacrifices qu'il a faits pendant tant d'années. Il est si fier à la pensée de m'entendre jouer en concert à Carnegie Hall, le 23 décembre. Il en a toujours rêvé — d'abord pour lui-même, puis pour moi.

Le gala de bienfaisance l'introduirait auprès de la critique musicale new-yorkaise. Yo-Yo Ma, Placido Domingo, Kathleen Battle, Emanuel Ax et la jeune et brillante violoniste Sondra Lewis en étaient les principales vedettes. Même aujourd'hui, elle avait peine à y croire.

« Nous sommes arrivés, mademoiselle », dit le chauffeur, une pointe d'irritation dans la voix. Sondra se rendit compte que cet agacement était dû au fait qu'elle l'obligeait à se répéter.

« Oh, excusez-moi. » La course coûtait trois dollars quarante. Elle chercha dans son portefeuille un billet de cinq dollars. « Ça ira, merci, dit-elle, ouvrant la portière et s'apprêtant à descendre.

— Ça m'étonnerait vraiment que vous vouliez me laisser quarante-cinq dollars de pourboire, mademoiselle. »

Sondra regarda le billet de cinquante dollars que l'homme lui tendait. « Oh, merci, balbutia-t-elle.

— C'est une sacrée erreur, ma p'tite dame. Vous avez de la chance que je cherche pas à profiter d'une jeune et jolie personne comme vous. »

Comme Sondra échangeait le billet de cinquante dollars contre un autre de cinq dollars, elle pensa : Dommage que vous n'ayez pas été là quand j'ai troqué mon bébé contre l'estime de mon grand-père et le succès de ma carrière.

5

QUAND ils atteignirent l'immeuble d'Amsterdam Avenue — précédemment le « Paradis du Meuble Goldsmith & Sons » — qui aujourd'hui abritait le magasin de vêtements d'occasion de sœur Cordelia, Alvirah et Willy montèrent directement au premier étage.

Il était quatre heures de l'après-midi et les enfants qui venaient régulièrement à l'Arche dès la sortie de l'école étaient assis en tailleur autour de sœur Maeve Marie. L'espace avait été aménagé en une grande salle commune claire et gaie. Le linoléum défraîchi était ciré au point qu'on voyait luire les lattes du plancher à travers les trous d'usure.

Les murs étaient peints en jaune bouton-d'or et décorés de dessins et de découpages réalisés par les enfants. De vieux radiateurs sifflaient et grondaient sourdement, mais grâce à Willy et à son talent pour réparer l'irréparable, il était indéniable qu'ils produisaient la chaleur voulue.

« Aujourd'hui est un jour particulier, annonça sœur Maeve. Nous allons commencer la répétition du spectacle de Noël. »

Willy et Alvirah se glissèrent sur des sièges près de l'escalier. Bénévole attitrée du centre, Alvirah était chargée de la réception qui suivrait le spectacle, et Willy jouerait le rôle du Père Noël.

Les yeux brillants d'impatience des enfants étaient rivés sur sœur Maeve qui leur expliquait : « Nous allons apprendre les airs de Noël et de Hanoukka que nous chanterons à la fête. Puis nous commencerons à répéter nos rôles.

— N'est-ce pas merveilleux que Maeve et Cordelia se soient arrangées pour que chacun ait un texte à réciter ? murmura Alvirah.

— Tous ces enfants ? Eh bien, espérons qu'il s'agit à peine de quelques lignes », répliqua Willy.

Alvirah sourit. « Tu ne penses pas ce que tu dis.

— Tu crois ?

— Chut. » Elle lui tapota la main tandis que

Maeve énumérait les noms des enfants chargés de lire l'histoire de Hanoukka. « Rachel, Barry, Sheila… »

Cordelia apparut en haut de l'escalier et parcourut la jeune assemblée d'un regard attentif. Deux garçons se chamaillaient. Elle donna une légère tape au plus âgé, un petit déluré de sept ans dénommé Jerry.

« Continue comme ça, et je donne le rôle de saint Joseph à un autre que toi », le gronda-t-elle. Sur ce, elle alla rejoindre Alvirah et Willy. « En rentrant, j'ai trouvé un nouveau message de Pablo Torres, dit-elle. Il est allé plaider notre cause, et je suis certaine qu'il a fait de son mieux, mais il n'a pu obtenir de délai supplémentaire. Il était aussi heureux que moi d'apprendre la nouvelle concernant la maison de Bessie. D'après lui, nous n'aurons aucun problème pour transférer nos activités là-bas. Nous pourrons même y accueillir davantage d'enfants. »

Une des employées de la boutique surgit brusquement en haut de l'escalier. « Ma sœur, Kate Durkin est au téléphone, elle veut vous parler. Dépêchez-vous, elle est en larmes. »

6

IL ne restait aucune trace du repas qu'ils avaient partagé quelques heures auparavant. Mais une fois de plus, Alvirah, le père Ferris et sœur Cordelia se retrouvaient réunis à la même table. Kate était avec eux et pleurait sans bruit.

«Je me suis entretenue avec les Baker il y a une heure, disait-elle. Je les ai prévenus que je faisais don de la maison à l'Arche et que je ne pouvais pas renouveler leur bail.

— Et tu dis qu'ils ont produit un nouveau testament? demanda Willy incrédule.

— Oui. Ils m'ont dit que Bessie avait changé d'avis, qu'elle était contrariée à la pensée que la maison pourrait être saccagée par une horde de gamins. Ils ont ajouté qu'à la vue des réparations et des travaux de peinture exécutés par Vic elle avait compris qu'ils sauraient garder la maison dans un état immaculé, exactement comme elle le désirait. Vous savez combien elle aimait cette maison. »

Je pense bien, elle a épousé le juge pour l'avoir ! faillit dire Alvirah. « De quand date ce nouveau testament ?

— Elle l'a signé il y a seulement quelques jours, le 30 novembre.

— Elle m'a montré le précédent testament lors de ma dernière visite chez elle, le 27, dit le père Ferris. Elle en avait l'air satisfaite. C'est alors qu'elle m'a prié de m'assurer que Kate continuerait à habiter l'appartement, une fois la maison léguée à l'Arche.

— Bessie m'a laissé une rente, et d'après le nouveau testament j'aurai l'autorisation de vivre chez les Baker sans payer de loyer. Comme si j'allais vivre chez ces gens-là ! » Les larmes ruisselaient sur le visage de Kate. « Je n'arrive pas à croire que Bessie m'ait fait un coup pareil ! Donner cette maison à de parfaits étrangers ! Elle savait que je n'aimais pas les Baker. Et comment pourrais-je trouver un autre appartement ? Vous connaissez les prix à Manhattan. »

Kate est angoissée, en colère et profondément blessée, pensa Alvirah. Mais il y a plus inquiétant... Elle lança un coup d'œil à l'autre bout de la table et se dit que, pour la première fois depuis qu'elle la connaissait, Cordelia paraissait son âge.

Elle croisa le regard de sa belle-sœur. « Cordelia, nous allons trouver un moyen de faire fonctionner le foyer, je te le promets. »

Cordelia secoua la tête. « Pas en moins de quatre semaines. L'ère des miracles est révolue. »

Le père Ferris étudiait attentivement la copie du nouveau testament que Vic Baker avait remise à Kate.

« D'après mon expérience, il semble authentique, commenta-t-il. Il est rédigé sur le papier à lettres de Bessie, nous savons qu'elle était bonne dactylo, et il s'agit sans nul doute de sa signature. Regardez, Alvirah. »

Alvirah parcourut rapidement le document tapé sur une page et demie, puis le relut avec soin. « C'est effectivement du Bessie tout craché, reconnut-elle. Ecoute, Willy : "On s'attache à une maison comme à un enfant, et à l'approche de la fin il devient important de la laisser entre les mains de personnes qui sauront en prendre soin. Je ne trouverai pas le repos si je sais que la présence quotidienne de nombreux jeunes enfants risque d'altérer l'aspect immaculé de cette demeure pour laquelle je me suis tant sacrifiée."

— En quoi s'est-elle sacrifiée ? En épousant le juge Maher ? demanda Willy. Ce n'était pas un mauvais homme. »

Alvirah haussa les épaules et poursuivit sa lecture : « "Par conséquent, je lègue ma maison à Victor et Linda Baker, qui sauront lui conserver toute sa noblesse." Sa noblesse, vraiment ! ricana-t-elle en reposant le testament sur la table. Et qu'y a-t-il de plus noble que de tendre une main secourable à des enfants ? » Elle se tourna vers le père Ferris : « Qui a certifié ce chiffon de papier ?

— Deux amis des Baker et un notaire. Nous consulterons un avocat, bien entendu, au cas où l'on pourrait tenter quelque chose, mais à première vue ce testament semble authentique. »

Willy observait Alvirah depuis quelques minutes. « Je parie que tu vas mettre en marche tes petites cellules grises, hein ? dit-il.

— Exactement. » Alvirah porta la main à sa broche en forme de soleil et brancha le minuscule microphone contenu à l'intérieur. « Ce testament est rédigé dans le style de Bessie, c'est indéniable, mais, Kate, l'as-tu jamais entendue utiliser le mot “immaculé” ?

— Non, je ne crois pas, répondit Kate lentement.

— Quel genre d'expressions employait-elle en parlant de la maison ? insista Alvirah, épluchant chaque phrase du testament.

— Oh, tu connaissais Bessie. Elle disait plutôt que la maison était si propre que l'on aurait pu manger à même le plancher — ce genre de choses.

— Exactement ! dit Alvirah. Je sais que la situation sent le roussi, mais chaque parcelle de mon corps me dit que ce testament est un faux. Et je vous promets que s'il existe un moyen de le prouver, je le trouverai. Je vais m'y employer dès maintenant ! »

7

Sœur Maeve était restée au foyer avec les enfants pour la répétition du spectacle de Noël, et elle imaginait les pires scénarios pour expliquer la raison de la visite précipitée de sœur Cordelia, de Willy et d'Alvirah à Kate Durkin.

« Il s'est passé quelque chose, Kate est complètement bouleversée », lui avait dit brièvement Cordelia avant de partir.

Se pourrait-il que Kate ait été agressée ou dévalisée ? se demanda Maeve. Elle savait que certains criminels parcouraient les avis de décès dans la presse et cambriolaient les maisons des défunts au moment où ils supposaient que les proches assistaient à l'enterrement. De son passage dans la police de New York, Maeve avait conservé l'habitude de penser immédiatement à une tentative criminelle.

Elle tourna son attention vers les enfants. Ils avaient chacun leur rôle à présent, qu'ils devaient apprendre chez eux. L'histoire de Hanoukka serait récitée au début du spectacle. Suivrait la scène au cours de laquelle on lirait le décret de César Auguste proclamant le recensement et ordonnant à chacun de regagner le village de ses ancêtres pour y être enregistré.

La pièce avait été écrite par Cordelia et Alvirah, avec des mots simples et familiers que les enfants pouvaient retenir sans mal.

« Le village de mon père est si loin. »

« C'est un si long voyage, et il n'y a personne pour garder nos enfants et prendre soin d'eux. »

« Rien n'est plus important que la sécurité de nos enfants. »

Cordelia avait confessé avoir pris quelques libertés avec le dialogue, mais elle avait invité les inspecteurs du logement à la fête en espérant qu'ils comprendraient le message : *Rien n'est plus important que la sécurité de nos enfants.*

Les rôles des Rois mages, des bergers, de la Vierge Marie et de saint Joseph avaient été attribués aux meilleurs chanteurs du groupe, qui mèneraient le chœur dans la scène de l'étable.

Jerry Nuñez, le plus déluré parmi les petits,

était saint Joseph, et Stellina Centino, une fillette de sept ans à l'air grave et étrangement réservé, était Marie.

Stellina et Jerry vivaient tous deux dans la même rue, et la mère de Jerry venait chercher les deux enfants à la fin de la journée. « La maman de Stellina est partie pour la Californie alors que la petite était tout bébé, avait expliqué Mme Nuñez aux sœurs. Et son papa est souvent absent. C'est sa grand-tante Lilly qui l'a élevée, mais la pauvre femme est souffrante depuis un certain temps. Et elle se ronge les sangs. Vous n'imaginez pas le souci qu'elle se fait pour Stellina. Elle dit : "Gracie, j'ai quatre-vingt-un ans ; il faudrait que je vive encore dix ans pour pouvoir l'élever. C'est ce que je demande au bon Dieu." »

Stellina est une enfant ravissante, pensa Maeve en ébauchant le tableau final du spectacle. Une masse de boucles aux reflets dorés attachées sur la nuque par une barrette lui tombaient jusqu'au milieu du dos. Son teint clair soulignait ses grands yeux presque noirs et frangés de longs cils.

Incapable de se tenir tranquille, Jerry était en train de faire des grimaces à l'un des bergers. Avant que Maeve n'ait eu le temps de le gronder, Stellina dit : « Jerry, quand on est saint Joseph, on ne tire pas la langue.

— D'accord », répondit Jerry, faisant mine d'adopter une attitude figée empreinte de dignité.

Sœur Maeve se tourna vers Tommy, un gamin haut comme trois pommes :

« Quand le chœur des anges commence à chanter et que les bergers aperçoivent les anges, qu'est-ce que tu leur dis ?

— Je dis : "Super, voilà ces diables d'anges qui chantent" », suggéra le petit Tommy du haut de ses six ans.

Sœur Maeve retint difficilement un sourire. Tommy avait un grand frère je-sais-tout ; il avait dû faire la leçon à son cadet. « Tommy, tu dois apprendre ton rôle correctement ; si tu n'écoutes pas, tu ne pourras pas être le chef des bergers », dit-elle fermement.

La répétition se termina à six heures. Pas mal pour une première fois, pensa Maeve tout en complimentant les enfants. Le plus satisfaisant était qu'ils semblaient y prendre plaisir.

Elle aussi était heureuse de les voir jouer, bien que sa joie fût assombrie par une impression grandissante d'inquiétude : pourquoi

Cordelia avait-elle filé si vite, que s'était-il passé ?

En aidant son petit monde à récupérer manteaux, écharpes et gants, Maeve constata que Stellina avait comme d'habitude soigneusement suspendu son joli manteau bleu, un vêtement confectionné par sa *nonna*, avait précisé la petite fille avec fierté.

A six heures trente, tous les enfants étaient partis, à l'exception de Jerry et de Stellina. A sept heures moins le quart, sœur Maeve les conduisit en bas, dans la boutique, qui était fermée à cette heure. Cinq minutes plus tard, Gracie Nuñez arriva en courant.

« C'est ma patronne, dit-elle en roulant des yeux. Il a fallu terminer plusieurs jupes. Deux des filles ne sont pas venues travailler aujourd'hui. Pour sûr, j'aurais perdu ma place si j'avais dit que j'avais des enfants à aller chercher. Dieu vous bénisse, ma sœur. C'est un vrai soulagement de savoir que les petits sont en sécurité avec vous. Jerry, dis bonsoir et merci à la sœur. »

Stellina n'eut pas besoin qu'on lui rappelle ce qu'elle devait faire. « Bonsoir, ma sœur, dit-elle doucement. Et merci beaucoup. » Puis elle ajouta avec un de ses rares sourires : « Nonna est bien contente que je sois la Sainte Vierge. Elle m'écoute tous les soirs réciter mon rôle, et elle m'appelle Madonna. »

Maeve verrouilla la porte derrière eux et éteignit rapidement les lumières. Soit Cordelia était encore avec Kate Durkin, soit elle était passée rendre visite à une de ses vieilles amies, pensa-t-elle. Elle soupira, pleine d'appréhension. Quelle nouvelle l'attendait à son retour chez elle ?

Elle enfilait son manteau quand elle entendit frapper au carreau de la fenêtre donnant sur la rue. Elle se retourna vivement et distingua le visage d'un homme d'une quarantaine d'années dont les traits se détachaient assez nettement à la lumière d'un lampadaire. Maeve le contempla un instant avec la méfiance instinctive propre à un ex-flic.

« Ma sœur, ma petite fille est-elle encore ici ? Je veux dire Stellina Centino », dit-il.

Le père de Stellina ! Maeve se hâta vers la porte et l'ouvrit. D'un air froid, elle étudia l'homme à la figure en lame de couteau, se défiant immédiatement de sa belle mine et de son regard fuyant. « Je regrette, monsieur Centino, dit-elle sèchement, nous ne vous attendions pas. Stellina est rentrée chez elle comme chaque jour avec Mme Nuñez.

— Oui, bien sûr, répondit Centino. J'avais oublié. Mon métier m'oblige à beaucoup voyager. Très bien, ma sœur, à la semaine prochaine. J'ai l'intention de venir la chercher un soir. Je l'emmènerai au restaurant et peut-être au cinéma. Je veux faire une surprise à ma petite Star. Je suis fier d'elle. Elle devient drôlement jolie.

— Vous pouvez en être fier, en effet. C'est certainement une belle enfant, dans tous les sens du terme », répondit Maeve d'un ton cassant. Elle le regarda partir depuis le seuil de la porte. Il y avait quelque chose de louche et de troublant chez cet homme.

Encore inquiète au sujet de Cordelia, elle inspecta une dernière fois les lieux, brancha l'alarme et rentra à pied chez elle sous une première averse de neige qui promettait de se transformer bientôt en tempête.

Elle trouva Cordelia en compagnie des sœurs Bernadette et Catherine, deux religieuses à la retraite qui partageaient leurs appartements au couvent. « Maeve, je dois t'avouer que je suis exténuée et complètement désemparée », dit Cordelia, et elle la mit au courant du nouveau testament de Bessie Durkin Maher.

Immédiatement saisie d'un doute, Maeve posa des questions à propos du document. « A part l'utilisation du mot "immaculé", y a-t-il un indice suggérant que nous sommes en présence d'un faux ? »

Cordelia eut un triste sourire : « Rien. Uniquement l'instinct d'Alvirah », dit-elle.

La sœur Bernadette, bientôt nonagénaire, hochait la tête dans son fauteuil. « L'instinct d'Alvirah, et une parole prononcée par Notre Seigneur, Cordelia, dit-elle. Vous savez toutes ce que je veux dire. »

Souriant devant leur air perplexe, elle murmura : « "Laissez venir à moi les petits enfants." C'est une chose que Bessie n'aurait pas oubliée, si fière qu'elle ait été de sa maison. »

8

STELLINA gardait la clé de l'appartement dans une poche de son manteau munie d'une fermeture éclair. Nonna la lui avait confiée en lui faisant promettre de ne jamais la montrer à personne. Depuis, elle l'utilisait toujours quand elle rentrait chez elle pour éviter à Nonna de se lever si elle était en train de se reposer.

A son retour de l'école, elle trouvait généralement Nonna occupée à coudre dans la petite pièce où dormait son père quand il était à la maison. Toutes les deux prenaient du lait avec des biscuits et, si Nonna avait des vêtements à livrer, ou un essayage à effectuer pour un ourlet ou une nouvelle robe, Stellina l'accompagnait et l'aidait à porter les sacs et les cartons chez ses clientes.

Mais ces derniers temps, Nonna avait dû se rendre à l'hôpital à plusieurs reprises, et c'est pourquoi Mme Nuñez avait proposé de prendre Stellina à l'Arche après l'école.

Certains jours, si Nonna se sentait bien, elle s'affairait à la cuisine à l'heure où Stellina arrivait ; le dîner était sur le feu et l'appartement sentait bon l'odeur de la sauce pour les pâtes. Mais ce soir, Nonna était étendue sur son lit, les yeux clos. Stellina voyait bien qu'elle ne dormait pas, parce que ses lèvres remuaient. Peut-être priait-elle. Nonna priait beaucoup.

Stellina se pencha pour l'embrasser. « Nonna, je suis rentrée. »

Nonna ouvrit les yeux et soupira. « J'étais tellement inquiète. Ton papa est venu à la maison. Il a dit qu'il partait te chercher au foyer. Il a dit qu'il voulait t'emmener dehors. Je ne veux pas que tu sortes avec lui. Si jamais il vient te chercher là-bas, dis-lui que Nonna veut que tu ailles chez Mme Nuñez.

— Papa est revenu ? » demanda Stellina, s'efforçant de cacher son désarroi. Elle n'osait pas dire à Nonna qu'elle regrettait qu'il ait réapparu, même si c'était le cas. A chacun de ses retours à la maison, il se disputait avec Nonna. Et Stellina n'avait pas non plus envie de sortir avec lui, parce qu'il l'emmenait quelquefois voir des gens avec lesquels il se disputait aussi.

Ces gens lui donnaient de l'argent et il se mettait en colère, il disait que ce qu'il leur avait apporté valait beaucoup plus.

Nonna s'appuya sur son coude, se redressa et sortit lentement de son lit. « Allons, tu dois avoir faim, mon petit. Viens. Je vais te préparer à dîner. »

Stellina lui tendit la main pour l'aider à se lever.

« Tu es une si gentille petite fille », murmura Nonna en se dirigeant vers la cuisine.

Stellina avait faim, et les pâtes de Nonna étaient toujours succulentes, mais ce soir elle avait du mal à manger, elle se faisait du souci pour sa tante. Nonna avait l'air si inquiète, et elle respirait vite, comme si elle avait couru.

Le déclic de la serrure de la porte d'entrée annonça l'arrivée de son père. Nonna fronça les sourcils et Stellina sentit sa bouche se dessécher. Elle savait qu'une dispute allait bientôt éclater.

Lenny pénétra dans la cuisine, s'élança vers Stellina et la prit dans ses bras. Il la fit tourner sur elle-même, l'embrassa et l'embrassa encore. « Ma jolie, jolie petite Star, dit-il. Tu m'as beaucoup manqué, tu sais. »

Stellina voulut s'écarter de lui. Il lui faisait mal.

« Lâche-la, espèce de brute, ce n'est qu'une enfant ! lui cria Nonna. Fiche le camp d'ici ! Ne remets plus les pieds dans cette maison ! Je ne veux pas de toi ! Laisse-nous tranquilles ! »

Lenny resta inhabituellement calme. Il se contenta de sourire. « Tante Lilly, je vais peut-être partir pour de bon, mais dans ce cas j'emmènerai Star avec moi. Ni toi, ni elle, ni personne ne pourra m'en empêcher. Ne l'oublie pas. Je suis son père. »

Puis il fit demi-tour et sortit, claquant la porte derrière lui. Stellina s'aperçut que Nonna tremblait ; des gouttes de sueur perlaient sur son front. « Nonna, Nonna, tout va bien, dit-elle. Il ne va pas m'emmener. »

Nonna se mit à pleurer. « Stellina, dit-elle, si jamais je tombe malade et que je ne peux plus rester ici avec toi, tu ne dois jamais, jamais rester seule avec ton papa. Je demanderai à Mme Nuñez de s'occuper de toi. Mais promets-le-moi, ne reste jamais seule avec ton père. »

Alors qu'elle s'efforçait de la réconforter, Stellina entendit sa tante murmurer : « C'est son père, son tuteur légal. Mon Dieu, mon Dieu, que vais-je faire ? »

Elle se demanda pourquoi Nonna pleurait.

9

COMME toujours lorsqu'elle tentait de résoudre une affaire suspecte, Alvirah dormit mal. Après avoir éteint la lumière, à la fin du bulletin de onze heures que Willy et elle regardèrent au lit, elle parvint difficilement à trouver le repos. Elle passa les six heures suivantes dans un demi-sommeil peuplé de rêves vagues et inquiétants; puis elle se réveilla en sursaut.

Finalement, à cinq heures et demie, prenant pitié de Willy qui avait passé son temps à marmonner dans son sommeil : « Ça va, mon chou ? », elle se leva, enfila sa vieille robe de chambre préférée, y épingla la broche-soleil munie de son minuscule microphone, saisit un stylo et le cahier quadrillé dans lequel elle notait les comptes rendus de ses enquêtes en cours, se prépara une tasse de thé, s'installa à la petite table de la salle à manger qui donnait sur Central Park, mit en marche le micro et commença à penser tout haut.

« Il n'y a rien d'étonnant à ce que Bessie, la reine des enquiquineuses pour tout ce qui concernait sa maison, l'ait laissée à des gens qu'elle estimait capables de bien l'entretenir. Après tout, ce n'est pas comme si elle mettait sa sœur à la rue. Elle a pris des dispositions pour que Kate occupe l'appartement du dernier étage, où elle aurait vécu de toute façon après avoir fait don de la maison à l'Arche. »

Alvirah avança involontairement le menton tout en poursuivant : « Autant que je sache, Bessie n'a jamais montré grand intérêt pour les enfants. A quelqu'un qui lui demandait si elle regrettait de ne pas en avoir, je me souviens qu'elle avait répondu : "Les gens qui ont des enfants et ceux qui n'en ont pas passent leur temps à s'apitoyer mutuellement sur leur sort." »

Alvirah s'interrompit, songeant que Willy et elle auraient aimé fonder une famille. Aujourd'hui, leurs petits-enfants auraient eu l'âge des gamins qu'elle avait vus hier au foyer. Elle secoua la tête. Bon, n'y pensons plus. Ce n'était pas notre destin.

« Donc, continua-t-elle, supposons que Bessie ait été vraiment perturbée à la pensée que des enfants allaient courir dans sa précieuse maison, faire des marques de doigts sur les murs et rayer les boiseries, et à l'idée que ces meubles qu'elle avait cirés et recirés pendant toutes ces années où elle avait été la gouvernante puis l'épouse du juge, ces beaux meubles soient remplacés par le bric-à-brac des gosses. »

Soucieuse de vérifier le bon fonctionnement du micro, Alvirah pressa les boutons ARRÊT, RETOUR, AVANCE, et écouta la bande.

Ça marche, constata-t-elle avec satisfaction, et je donne l'impression d'avoir la cervelle qui fonctionne. Allons-y.

S'éclaircissant la voix, elle reprit son monologue indigné : « Bref, le seul véritable indice dont nous disposons jusqu'à présent pour démontrer que ce nouveau testament pourrait être un faux est que Bessie n'employait jamais le mot "immaculé". »

Elle prit son stylo et ouvrit son cahier à une page vierge, à la suite de « L'affaire du meurtre de Trinky Callahan ». En haut de la page, elle inscrivit : « Le testament de Bessie », puis nota la première entrée : « Utilisation du mot "immaculé". »

Après cela, Alvirah se mit à écrire rapidement. Les témoins légaux du testament : qui sont-ils ? Que savons-nous d'eux ? La date : le testament a été paraphé le 30 novembre. Kate a-t-elle rencontré les témoins ? Dans ce cas, qu'a-t-elle pensé au moment où ils lui ont demandé de rencontrer Bessie ?

Maintenant, faisons travailler les petites cellules grises chères à Hercule Poirot.

Au cours des affaires criminelles qu'elle avait contribué à résoudre, elle avait tenté de mettre en pratique la méthode de raisonnement déductif du célèbre détective.

Tandis qu'elle inscrivait sa dernière entrée, Alvirah consulta la pendule : sept heures trente — l'heure de fermer son cahier et le micro. Willy allait se réveiller d'une minute à l'autre et il aimait trouver son petit déjeuner prêt.

Ensuite, à un moment de la journée, il faudra que je m'isole avec Kate et revoie toutes ces questions avec elle, pensa-t-elle.

Soudain, une autre idée lui traversa l'esprit, et elle remit en marche l'appareil. Depuis son premier article pour le *New York Globe* sur son séjour au centre de remise en forme de Cypress Point, elle s'était liée d'amitié avec son rédacteur en chef, Charley Evans. Il pourrait certainement lui fournir des renseignements sur Vic et Linda Baker. « Je vais demander aux enquêteurs du *Globe* de creuser un peu dans le passé de ces deux-là. Je suis prête à parier qu'ils n'en sont pas à leur premier coup. »

La messe de sept heures à St. Clement attirait en temps normal une trentaine de personnes, pour la plupart des paroissiens âgés, à la retraite. Mais pendant la période de l'Avent l'assistance doublait. Lors de son bref sermon, le père Ferris expliqua que l'Avent représentait l'époque de l'attente. « Nous entrons dans la préparation de la naissance du Sauveur, dit-il. Dans l'attente de cet instant à Bethléem où Marie a pour la première fois posé son regard sur son fils nouveau-né. »

Un faible sanglot dans l'assistance attira son attention vers le banc qui se trouvait à proximité du portrait de Mgr Santori. La jeune femme qu'il avait remarquée précédemment sur le trottoir en face du presbytère était assise au bout du banc. Son visage était enfoui dans ses mains, et des sanglots secouaient ses épaules. Il faut que j'arrive à la convaincre de me parler, pensa-t-il, mais il la vit fouiller dans son sac, chausser des lunettes noires et, empruntant l'allée, se glisser jusqu'à la sortie.

A neuf heures et demie, Kate Durkin commença à trier tout ce qui restait dans la chambre de sa sœur défunte. Ce serait honteux de laisser les vêtements de Bessie enfermés dans la penderie alors que tant de gens n'avaient rien à se mettre sur le dos.

Le lit à baldaquin que Bessie avait partagé pendant huit ans avec le juge Aloysius Maher, et d'où elle était partie rejoindre son créateur, semblait adresser à Kate un reproche silencieux pendant qu'elle détachait robes et vestes de leurs cintres. Certaines d'entre elles avaient plus de quarante ans. Bessie disait toujours qu'il n'y avait aucune raison de les donner, car elles pourraient me servir un jour, se rappela Kate. Ce qu'elle semblait négliger, c'est qu'il eût fallu que je grandisse de dix centimètres pour les mettre. Encore une chance qu'elle ne les ait pas laissés à Linda Baker, comme le reste, pensa-t-elle amèrement.

Le souvenir des révélations de la veille et de l'apparition du nouveau testament lui gonfla les yeux de larmes. Elle les essuya d'un geste rageur et tourna son regard vers le bureau de sa sœur, l'attention soudain attirée par la machine à écrire. Il y avait quelque chose qu'elle aurait dû se rappeler. Mais quoi ?

Elle n'eut pas le temps de chercher davantage ; entendant un bruit derrière elle, elle pivota sur elle-même et vit Vic et Linda debout dans l'embrasure de la porte.

« Oh, Kate, fit aimablement Linda, c'est gentil à vous de débarrasser les affaires de Bessie pour nous faire de la place. »

Au même moment, la sonnette de l'entrée retentit au rez-de-chaussée. « J'y vais », annonça Vic Baker.

Vous n'êtes pas encore chez vous, dit Kate à part soi en le suivant rapidement en bas de l'escalier.

Un instant plus tard, elle vit avec plaisir la silhouette d'Alvirah se découper sur les marches du perron et l'entendit demander : « Kate Durkin, la maîtresse de maison, se trouve-t-elle actuellement ici ? »

10

LENNY était rentré à minuit, il s'était rendu sur la pointe des pieds dans sa chambre — presque débarrassée des affaires de couture de Lilly — et s'était couché.

En se réveillant à neuf heures le lendemain matin, il s'étonna d'entendre un bruit de voix dans l'autre chambre, puis se souvint que c'était dimanche et que Star n'allait pas à l'école.

Cela signifiait également que tante Lilly était probablement encore au lit, et qu'elle n'était pas allée à la messe. Elle n'était plus la même depuis sa méchante chute de l'été dernier. En sa présence elle prétendait se porter le mieux du monde, mais il l'avait entendue dire à une voisine que le médecin attribuait son évanouissement à une légère attaque. Quelle qu'en fût la cause, il la trouvait très changée depuis sa dernière visite, en septembre.

Il lui avait raconté qu'il était parti en Floride, travailler pour une société de livraison. Elle s'était montrée satisfaite qu'il eût un travail régulier et lui avait dit de ne pas se préoccuper de Stellina. Bien sûr qu'elle préférait ne pas le voir s'occuper de Star. Tante Lilly, à la vérité, serait ravie de le voir disparaître à jamais.

En réalité, tout n'était pas faux dans ce qu'il lui avait dit, songea-t-il tout en sortant une cigarette de son paquet. Il était bien chargé de faire des livraisons. Des livraisons de petits paquets censés rendre les gens heureux. Mais le trafic devenait trop dangereux là-bas et il s'était mis en tête de revenir à New York, d'y faire quelques affaires et de s'occuper de Star. Ici, je suis un père célibataire, gentil et attentionné, vivant dans un immeuble respectable avec une vieille tante. Et c'est très bien ainsi, car le jour où Lilly fermera les yeux pour de bon, Star et moi nous aurons appris à nous connaître. Qui sait ? Peut-être même pourrai-je la mettre au travail avec moi ?

Il réfléchit à la situation et grilla sa cigarette jusqu'au bout, écrasant le mégot dans un plateau contenant des accessoires de couture, puis il décida d'en allumer une autre pour se calmer avant d'affronter sa tante.

Même à l'époque où Star n'était qu'un bébé et où il la promenait dans sa voiture d'enfant, Lilly n'avait cessé d'avoir des soupçons. Lenny rit intérieurement au souvenir de toute la marchandise qu'il avait livrée, pendant que les gens autour de lui souriaient et s'extasiaient devant ce ravissant bout de chou. Mais dès qu'il était de retour à la maison, Lilly le harcelait de questions. « Où es-tu allé te promener ? Où l'as-tu emmenée ? Les couvertures empestent le tabac. Je te tuerai si j'apprends que tu l'emmènes dans un bar. » Elle était tout le temps après lui.

Il savait cependant qu'il devait se montrer prudent et prendre garde que sa tante ne s'inquiète pas trop au sujet de la petite. Mieux valait éviter qu'elle s'imagine des choses et tente par exemple de retrouver la mère de Star, sa soi-disant petite amie qui était partie en Californie.

Grâce à une de ses connaissances, il était parvenu à obtenir un acte de naissance pour Star. Le billet épinglé à sa couverture dans la poussette disait qu'elle avait des parents italiens et irlandais. Parfait, je suis italien et mettons que sa mère était irlandaise, avait décidé Lenny, et il avait demandé que la mère soit inscrite sous le nom de O'Grady. Il s'était rappelé une chanson à propos de Rosie O'Grady, une chanson qu'il aimait particulièrement lorsqu'il était gosse. Il y avait dans sa classe un garçon irlandais qui la chantait sans cesse.

Lilly avait peu de chances de retrouver la trace d'une Rose O'Grady en Californie, pensa Lenny — le nom est courant et l'Etat très étendu —, mais une enquête, n'importe laquelle, pouvait se révéler une source d'ennuis, et il préférait s'en dispenser. Il lui faudrait ressembler à un père attentionné s'il voulait que Lilly se calme.

Lenny s'étira, bâilla, se gratta l'épaule, repoussa ses cheveux plats en arrière et sortit du lit. Il enfila un jean, glissa ses pieds dans des tennis, se souvint de mettre un T-shirt, puis longea le couloir jusqu'à la chambre de sa tante.

La porte était ouverte et, ainsi qu'il s'y attendait, il trouva Lilly encore couchée, le dos appuyé à un oreiller. La chambre, bien qu'encombrée, était en ordre, le petit lit de Star coincé entre le grand lit et le mur.

Il se tint immobile dans l'embrasure. Star lui tournait le dos et Lilly l'écoutait réciter son texte pour le futur spectacle de Noël. Lilly ne l'avait pas vu, et il resta à l'arrière-plan sans rien dire tandis que Star, assise en tailleur sur le lit de sa nonna, le dos droit, ses boucles blondes s'échappant de sa barrette, déclamait : « Oh, Joseph, peu importe qu'ils ne veuillent pas de nous à l'auberge. L'étable nous abritera, et l'enfant ne tardera pas à arriver. »

« *Bella, bella Madonna !* s'exclama Lilly. La Sainte Vierge sera sûrement très heureuse d'être représentée par toi. » Elle soupira et saisit la main de la petite fille. « Dès aujourd'hui je vais te confectionner une tunique blanche et un voile bleu que tu porteras à la fête, *mia cara Stellina...* »

Lilly a l'air sérieusement malade, se dit Lenny. Elle avait le teint gris, et des gouttes de sueur couvraient son front. Il s'apprêtait à s'avancer et à lui demander comment elle se sentait mais il se retint, fixant d'un regard sombre le dessus de la commode. Il était couvert de reliques religieuses et de statuettes de la Sainte Famille et de saint François d'Assise. Certes, cette vue lui était familière — Lilly avait toujours été bigote — mais il se souvenait encore avec amertume du jour où sa tante, des années auparavant, avait découvert le calice d'argent dont il avait ôté le diamant.

L'affaire avait fait un raffut du diable dans les

journaux à l'époque, le vase volé ayant appartenu à un évêque célèbre. Le mettre au clou n'aurait pas été malin de sa part; pour les quelques dollars qu'il aurait pu en tirer, le risque était trop grand. Non, il avait préféré fourrer l'objet de son larcin dans le fond de sa penderie, espérant s'en débarrasser un jour, dans une autre ville, peut-être.

Plus tard, Lilly s'était lancée dans une de ses séances de nettoyage et avait découvert le vase. Elle avait dit qu'il ressemblait à un calice, l'obligeant à inventer à la hâte une histoire à dormir debout selon laquelle il appartenait à la mère de Star, Rose. Il avait raconté que l'oncle de ladite Rose, prêtre de son état, le lui avait laissé avant de mourir. Naturellement, Lilly l'avait si bien astiqué que l'argent brillait comme s'il était flambant neuf, et elle l'avait disposé avec les autres statuettes.

D'accord, Lilly était heureuse de pouvoir l'admirer tous les jours, pensa Lenny, et il avait été bien inspiré de ne pas l'avoir mis au clou à l'époque. Il était probable que personne ne s'en préoccupait à présent. Malgré tout, il se demanda quelle était sa valeur et combien il pourrait en tirer. Au moins Lilly n'avait-elle jamais eu connaissance du billet qui avait été épinglé à la couverture de Star. Il l'avait conservé au cas où quelqu'un chercherait à savoir quelles étaient les origines de l'enfant, au cas où lui-même devrait prouver qu'il ne l'avait pas kidnappée.

Il l'avait dissimulé dans un interstice entre le dernier rayonnage de sa penderie et le mur. Lilly ne pourrait jamais l'atteindre, même avec un plumeau.

Haussant les épaules, Lenny fit demi-tour et alla à la cuisine inspecter ce que contenaient le réfrigérateur et le garde-manger pour le petit déjeuner. Maigres provisions, jugea-t-il. Lilly n'avait visiblement pas fait le marché depuis un certain temps. Il dressa rapidement une liste de divers achats, enfila sa veste et regagna la chambre de sa tante.

Cette fois-ci, il entra avec un joyeux : « Bonjour, comment ça va, les filles ? » Il s'enquit aimablement de la santé de Lilly, dit à Star de bien faire ses devoirs et annonça qu'il allait faire des courses.

Lorsqu'il eut énoncé la liste de tout ce qu'il avait l'intention d'acheter, Lilly lui lança un regard soupçonneux, puis elle s'adoucit et rajouta une ou deux choses.

Dehors, l'air était frais et Lenny regretta

d'être sorti sans sa casquette. Pour commencer, il irait prendre un petit déjeuner décent dans un bistrot, décréta-t-il. De là, il passerait un coup de fil pour avertir ses contacts qu'il était prêt à reprendre ses livraisons, ce qui ne manquerait sûrement pas de les réjouir.

Et une fois que la chère tante Lilly aura passé l'arme à gauche, je ferai participer ma petite Star à mes activités, songea Lenny. Elle sera une merveilleuse partenaire — qui pourra jamais la soupçonner ? Oui, travaillant la main dans la main, Star et son papa seront à la tête d'une florissante petite affaire de livraison.

11

SONDRA sentit le regard du prêtre la suivre tandis qu'elle s'enfuyait de l'église. Etouffant ses sanglots, elle rentra en courant à son hôtel. Là, elle prit une douche, commanda un café, puis appliqua un linge mouillé sur ses yeux gonflés. Je dois cesser de pleurer comme une Madeleine. Il faut que je m'arrête ! Le concert allait marquer un tournant de sa carrière, et il était essentiel qu'elle s'y prépare.

A neuf heures elle devait se rendre dans le studio de répétition qu'elle avait retenu à Carnegie Hall et travailler pendant cinq heures. Il fallait absolument qu'elle se ressaisisse. Elle n'avait pas été en forme la veille, s'était montrée distraite, ne jouant pas aussi bien qu'à l'accoutumée.

Mais comment pourrais-je penser à autre chose qu'à mon enfant ? Qu'est-il arrivé à ma petite fille ? Pendant sept ans, elle s'était imaginé qu'elle vivait chez des gens merveilleux, qu'elle avait été adoptée par un couple qui n'avait peut-être pas d'autre enfant et qui l'entourait de tendresse. Mais désormais elle ignorait complètement qui l'avait trouvée — et même si quelqu'un l'avait trouvée.

Elle s'examina dans la glace. Un vrai désastre ! Elle avait la peau marbrée de rouge, les yeux bouffis. Renonçant à améliorer davantage l'état de ses yeux, elle s'appliqua à maquiller habilement les traces laissées sur son visage par le chagrin.

Je passerai une fois encore devant le presbytère dans l'après-midi, décréta-t-elle. Cette perspective la calma un peu. C'était le dernier endroit où elle avait vu son enfant, et elle se sentait près d'elle quand elle y retournait. De même qu'en s'agenouillant devant le portrait de l'évêque Santori, il lui semblait ressentir cette impression de paix qui envahissait son grand-père lorsqu'il venait prier à cette même place. Elle ne demandait pas à revoir son enfant. Non. Je n'ai pas le droit de le demander. Je voudrais seulement savoir qu'elle est en vie, en bonne santé, et qu'elle est aimée. C'est mon seul désir.

Elle sortit de la poche de son blouson le bulletin paroissial de St. Clement qu'elle avait pris dans l'église. Il y avait une messe à cinq heures. Elle y assisterait, mais arriverait un peu en retard, afin que le père ne puisse l'aborder. Et elle s'éclipserait avant la fin.

Tandis qu'elle tordait ses longs cheveux blond foncé et les rassemblait au sommet de sa tête, elle se demanda si sa petite fille avait un air de ressemblance avec elle.

12

DEVANT une tasse de thé et une généreuse tranche d'un fondant au chocolat confectionné par Kate Durkin, Alvirah commença à échafauder un plan destiné à soustraire la maison aux griffes des Baker.

« Quand je pense que je suis obligée de parler à voix basse chez moi, c'est affreux ! se lamenta Kate. Ils sont toujours en train de rôder dans les parages. Juste avant ton arrivée, j'ai eu un choc en les voyant qui m'observaient, alors que je ne m'étais même pas aperçue de leur présence. C'est pour ça que j'ai fermé la porte. » Elle jeta un coup d'œil à la copie du testament de sa sœur et soupira. « Je crois que je ne peux rien y faire. Ils paraissent avoir tous les atouts en main.

— C'est ce que nous verrons, déclara fermement Alvirah en mettant en marche le microphone de sa broche-soleil. J'ai des quantités de questions à te poser, commençons tout de suite. Donc, le père Ferris est venu le vendredi 27. D'après lui, Bessie avait décidé de te léguer la maison, non sans réticence toutefois car elle était amère à la pensée que des enfants allaient tout mettre sens dessus dessous. »

Kate eut un hochement de tête affirmatif. Ses yeux bleu clair — agrandis par de larges lunettes rondes — avaient une expression pensive. « Tu connaissais Bessie, dit-elle. Elle avait des idées tellement arrêtées parfois, elle disait que plus rien ne serait pareil ici avec une flopée de gamins courant partout. Mais je me souviens qu'elle a fini par en rire. Elle m'a déclaré : "Bon, en tout cas je ne serai plus là pour nettoyer derrière eux — la corvée te reviendra, Kate."

— C'était bien le vendredi 27, n'est-ce pas ? demanda Alvirah. Comment t'a-t-elle paru pendant le week-end ?

— Fatiguée. Son cœur commençait à s'épuiser, et elle le savait. Elle m'a demandé de sortir sa robe imprimée bleue pour la repasser. Ensuite, elle m'a dit que l'heure venue je devrais lui mettre son collier de perles. A l'entendre, il n'avait aucune valeur, mais c'était le seul bijou que le juge lui avait jamais offert, en dehors de son alliance naturellement, et ça ne valait pas la peine de les donner. Elle a ajouté : "Tu sais, Kate, Aloysius était vraiment quelqu'un de bien. Si je l'avais épousé plus jeune, j'aurais probablement eu une famille et je me serais fichue comme d'une guigne des éraflures sur les meubles et des marques de doigts."

— C'était le samedi ? demanda Alvirah.

— Non, le dimanche.

— Et le lundi, elle a soi-disant fait certifier le nouveau testament. Est-ce que tu l'avais entendue taper à la machine auparavant ? Qu'as-tu pensé quand les témoins sont arrivés pour la signature ?

— Je ne les ai jamais vus. » Kate secoua la tête. « Tu sais que je travaille bénévolement à l'hôpital le lundi et le vendredi après-midi. Bessie n'aurait jamais toléré que je n'y aille pas. Elle ne semblait pas en mauvaise forme lorsque je suis partie — elle était assise dans son fauteuil dans le salon et regardait la télévision. Elle a dit qu'elle serait ravie d'être débarrassée de moi pendant quelques heures. Qu'elle se sentait bien et en avait marre de mes airs inquiets.

— Et où était-elle à ton retour ?

— Toujours à la même place, en train de regarder un de ses feuilletons préférés.

— Très bien. Maintenant, il faut que j'aille m'entretenir avec ces deux témoins. » Alvirah étudia la dernière page du testament. « Qu'est-ce que tu sais d'eux ?

— Je n'en ai jamais entendu parler.

— Bon, j'y vais. Leur adresse est indiquée sous leurs signatures. James et Eileen Gordon, 79e Rue Ouest. » Alvirah leva les yeux au moment où Vic Baker ouvrait la porte de la salle à manger sans avoir frappé.

« On s'apprête à prendre une agréable petite tasse de thé, à ce que je vois, fit-il avec une gaieté forcée.

— Nous l'avons déjà prise, corrigea Alvirah.

— Je voulais seulement vous avertir que nous nous absentons pendant un moment, mais une fois de retour je vous aiderai volontiers à descendre les vêtements de la chère Bessie au rez-de-chaussée.

— Nous nous occuperons nous-mêmes des affaires de Bessie, lui dit Alvirah. Ne vous inquiétez pas. »

Le visage de Baker perdit immédiatement son expression enjouée. « Je viens d'entendre que vous désiriez vous entretenir avec les témoins, madame Meehan, dit-il sèchement. Je serais heureux de vous communiquer leur numéro de téléphone. Vous verrez que ce sont des personnes dignes de confiance. » Il fouilla dans sa poche. « J'ai d'ailleurs leur carte sur moi. »

Baker tendit la carte à Alvirah, puis fit demi-tour et sortit de la pièce, refermant bruyamment la porte derrière lui. Les deux femmes se retournèrent et virent la porte se rouvrir lentement.

« Elle ne reste jamais fermée, expliqua Kate. C'est lui qui s'était proposé de faire les réparations dans la maison, et manifestement son bagou lui avait valu les bonnes grâces de Bessie. La vérité est qu'il sait vaguement manier un pinceau, sans plus. As-tu remarqué qu'il n'a pas tourné la poignée pour entrer ? Il s'est contenté de pousser la porte. Elle se coinçait tout le temps, alors il l'a rabotée. Désormais, elle ne ferme plus du tout. Même chose dans le petit salon. La porte bat sans arrêt. » Elle renifla.

Alvirah n'écoutait qu'à moitié. Elle examinait la carte que venait de lui donner Vic Baker. « C'est une carte professionnelle, dit-elle. Les

Gordon sont gérants d'une agence immobilière. C'est plutôt intéressant, non ? »

« Il ne sait peut-être pas réparer les portes, mais en tout cas il s'y connaît en matière de testaments, dit Alvirah à Willy quand il rentra et la trouva assise, l'air abattu, dans leur living-room. Jim et Eileen Gordon m'ont paru parfaitement respectables.

— Comment se sont-ils retrouvés témoins dans cette histoire de testament ?

— D'après ce qu'ils disent, c'est presque par hasard. Apparemment, Vic Baker cherchait à acheter une maison ou un appartement depuis son arrivée ici, il y a près d'un an. Ils lui en ont montré un certain nombre. Il avait rendez-vous avec eux le 30 novembre à trois heures pour visiter un appartement dans la 81e Rue, et pendant qu'ils étaient sur place Linda l'a appelé sur son téléphone portable. Elle lui a dit que Bessie ne se sentait pas bien et désirait faire authentifier son nouveau testament. Vic a demandé aux Gordon d'être témoins. Ils sont donc partis ensemble, et — tiens-toi bien — il paraît que Vic et Linda ont failli tomber dans les pommes quand Bessie leur a lu le document avant de le signer.

— Si les Gordon se sont occupés de trouver une propriété pour les Baker, ils ont dû vérifier leur situation financière, dit Willy. Les as-tu questionnés à ce sujet ?

— Bien sûr. Crois-moi si tu le veux, les Baker ne manquent pas d'argent. » Elle eut un sourire crispé. « Dis donc, Cordelia t'a gardé drôlement tard, aujourd'hui. Tu as eu beaucoup de travail ?

— Pas une minute de repos. Une canalisation s'est rompue dans la boutique, et je n'ai pu la réparer qu'en arrêtant tout le système d'arrivée d'eau. Heureusement qu'on est dimanche et qu'il n'y avait pas d'enfants à l'étage.

— De toute façon, le problème sera bientôt définitivement réglé, dit Alvirah avec un soupir. Et, à moins que mes chères petites cellules grises ne m'aident à découvrir un élément qui m'échappe, ces enfants n'auront plus de foyer pour les accueillir. » Elle porta la main à sa broche et mit le microphone en marche. Elle rembobina hâtivement la dernière partie de la bande, et écouta.

La voix mélodieuse d'Eileen Gordon était

claire et distincte. « Mme Maher a dit qu'elle pouvait mourir en paix désormais, sachant que sa maison serait toujours dans un état immaculé. »

« Je jurerais que ce fichu mot "immaculé" est la clé de notre affaire. » Toute trace d'abattement avait quitté le visage d'Alvirah. « Quelle est cette expression qu'emploie toujours le révérend lorsqu'il soupçonne quelque chose de louche ?

— "Quelque chose est pourri dans le royaume de Danemark", répondit Willy.

— C'est bien ça. Dans le cas présent, je dirais qu'il y a quelque chose de pourri dans l'Upper West Side, déclara Alvirah. Et j'ai l'intention de continuer à asticoter les Gordon jusqu'à ce que je découvre de quoi il retourne. Ce sont visiblement d'honnêtes gens, mais je me demande par quelle coïncidence ils se sont trouvés là pour servir de témoins. Peut-être ai-je affaire à de très bons acteurs qui me mènent en bateau ?

— En attendant, si nous allions dîner dehors ? dit Willy. Je meurs de faim. »

Ils étaient sur le point de sortir quand le père Ferris téléphona. « J'ai vu Kate à la messe. Elle m'a dit que vous étiez allée voir les témoins. Qu'en avez-vous tiré ? »

Alvirah lui fit un rapide compte rendu de sa visite, promettant qu'elle n'abandonnait pas la partie. Puis, avant de raccrocher, elle ajouta : « La jeune femme que nous avons aperçue hier a-t-elle réapparu ?

— Elle est venue à deux reprises, aujourd'hui. Ce matin à la messe, mais elle est partie pendant le prêche. Puis je l'ai revue à cinq heures, mais je n'ai pas pu lui parler. Alvirah, vous m'avez dit que son visage vous semblait familier. Avez-vous une idée de l'endroit où vous pourriez l'avoir rencontrée auparavant ? J'aimerais sincèrement lui venir en aide.

— J'ai beau me creuser la cervelle, rien ne me vient à l'esprit pour l'instant, répondit Alvirah à regret. Mais laissez-moi y réfléchir davantage. A mon avis, j'ai dû voir sa photo quelque part, le problème est de savoir où. »

Deux heures plus tard, alors que Willy et elle passaient devant Carnegie Hall en rentrant chez eux après dîner, Alvirah s'interrompit au beau milieu d'une phrase et tendit le doigt : « Regarde, Willy ; c'est elle. »

Sur l'affiche du concert de Noël apparaissaient les portraits des artistes invités à se produire, parmi lesquels Placido Domingo, Kathleen Battle, Yo-Yo Ma, Emanuel Ax et Sondra Lewis.

Ils s'approchèrent pour lire la légende et regarder plus attentivement le portrait de Sondra Lewis. Même sur cette photo, la jeune femme avait un regard d'une indicible tristesse.

« Pourquoi une jeune musicienne qui s'apprête à jouer à Carnegie Hall est-elle si malheureuse ? demanda Willy, visiblement surpris.

— Je suis convaincue que tout ça a un rapport avec St. Clement, lui répondit Alvirah. Et j'ai l'intention de découvrir aussi ce qu'il y a derrière cette histoire-là. »

13

QUAND elle était toute petite, Stellina avait demandé à Nonna pourquoi elle n'avait pas de maman comme les autres enfants. Nonna avait répondu que sa maman était tombée très malade et qu'elle avait dû partir se faire soigner en Californie en la laissant à son papa. Nonna avait ajouté qu'elle avait eu beaucoup de chagrin de la quitter, mais qu'elle avait promis de revenir un jour si elle allait mieux. Mais il était possible aussi que ce jour n'arrive jamais et que Dieu l'ait rappelée à Lui. C'était ce que disait Nonna.

Ensuite, lorsque Stellina était entrée à l'école maternelle, Nonna lui avait montré le calice d'argent qu'elle avait trouvé dans l'armoire de papa, expliquant que c'était un oncle, un prêtre, qui l'avait donné à sa maman et qu'elle l'avait laissé ici à l'intention de sa petite fille.

Nonna avait ajouté que ce vase avait servi à célébrer la messe et qu'il était béni.

Le vase était alors devenu une sorte de talisman pour Stellina. Parfois, au moment de s'endormir, quand elle pensait à sa maman, souhaitant de toutes ses forces qu'elle revienne, elle demandait à Nonna si elle pouvait prendre le vase dans ses mains.

Nonna la taquinait. « Les bébés ne réclament plus de doudou pour dormir, Stellina. Et toi qui es grande et qui vas à l'école, voilà que tu en veux un. » Mais elle souriait et lui donnait toujours la permission de garder le vase avec elle. Tantôt en anglais, tantôt en italien, et souvent dans un mélange des deux langues, elle rassurait la petite fille, le seul vrai cadeau que son neveu lui eût jamais fait. « Ah, *bambina*, murmurait-elle, je m'occuperai toujours de toi. »

Stellina n'avait pas dit que lorsqu'elle refermait ses doigts sur le vase elle avait l'impression de sentir la main de sa maman.

Le dimanche après-midi, alors qu'elle regardait Nonna coudre le voile bleu qu'elle porterait pour le spectacle de Noël, Stellina eut une idée. Puisqu'elle allait jouer le rôle de la Sainte Vierge, elle demanderait à Nonna l'autorisation d'emporter le vase à la fête et d'en faire cadeau à l'Enfant Jésus.

Nonna protesta. « Oh non, ma petite fille, on pourrait le perdre, et puis la Vierge Marie n'avait pas d'objet en argent à offrir à Jésus. Ce ne serait pas convenable. »

Stellina n'insista pas, mais elle savait qu'il lui fallait trouver un moyen d'apporter le vase à l'étable. Elle savait exactement la prière qu'elle formulerait au moment où elle l'offrirait : « Si maman est toujours malade, faites qu'elle guérisse et, s'il vous plaît, dites-lui de venir me voir, juste une fois. »

Au poste de police du 24e district de Manhattan, l'inspecteur Joe Tracy apprit avec un vif intérêt que Lenny Centino avait refait surface. Il n'avait pas oublié l'enquête qu'il avait lui-même menée à son sujet quelques années plus tôt. Il n'avait pas pu prouver que Lenny était dans le coup — une histoire de vente de drogue à des mineurs —, mais il était certain qu'il faisait partie des dealers. Et ensuite le bonhomme s'était volatilisé.

Son adjoint lui fit remarquer que le casier de Lenny comportait essentiellement des délits mineurs — des cambriolages, des bricoles — mais, pour Tracy, c'était uniquement parce que Lenny ne s'était pas fait prendre.

« D'accord, dit-il, il a seulement fait quelques petits séjours en maison de correction, il y a vingt-cinq ans, pour délinquance juvénile. Cela ne figure pas à son casier, mais à mon avis il y a appris quelques ficelles du métier. On l'a arrêté à plusieurs reprises, sans jamais l'inculper. On n'a jamais pu le coincer pour un truc précis, cependant je mettrais ma main au feu qu'il vendait de la drogue aux mômes à la sortie des lycées. Je me rappelle l'avoir vu pousser sa gamine dans sa voiture d'enfant dans les rues du West Side. On m'a dit par la suite que la petite servait à détourner l'attention — qu'il bourrait la voiture de came, même avec le bébé. »

Tracy repoussa le maigre dossier de Lenny Centino sur son bureau. « Bon, maintenant qu'il est de retour, je ne vais pas le lâcher. Si je le vois avec cette enfant, je pourrai peut-être le coincer. Il finira bien par commettre une erreur, et ce jour-là, crois-moi, j'ai l'intention d'être là. »

14

Le lundi matin, à l'heure où elle prenait son petit déjeuner avec Willy, Alvirah répondit au téléphone et écouta avec un plaisir non dissimulé les informations que lui communiquait Charley Evans concernant Vic et Linda Baker : bien qu'on ne les eût jamais inculpés, ces deux-là étaient assurément des escrocs patentés.

« Attendez un instant, l'interrompit-elle, je veux enregistrer tout ça afin de ne pas en oublier un mot. » Elle mit le micro de sa broche en marche. « Je suis prête, Charley, allez-y.

— Les Baker prennent habituellement pour cible des personnes âgées fortunées, dit Charley. La dernière affaire en date s'est déroulée l'an passé à Charleston, où ils se sont liés d'amitié avec un homme dont la fortune était estimée à deux millions de dollars. Il était apparemment fâché avec sa fille à cette époque, à cause du type qu'elle avait épousé, mais il n'avait jamais laissé entendre qu'il s'apprêtait à la déshériter. D'après des témoins, nos deux fripouilles n'ont cessé de médire d'elle, lui racontant qu'elle était impatiente de mettre la main sur son argent. Et devinez la suite ?

— Ils ont produit un nouveau testament, dit Alvirah.

— Exactement. Le vieux n'a laissé à sa fille que quelques dollars et les bijoux de sa mère. Le reste est allé aux Baker. Ils ont été assez malins pour ne pas tout prendre. Il eût été plus facile de les attaquer, alors.

— Et les témoins du testament ?

— D'honnêtes citoyens, comme d'habitude.

— Je m'y attendais.

— J'ai relevé deux ou trois cas semblables au cours des dix dernières années, mais la conclusion est toujours la même. Les testaments ont tous été attaqués, et chaque fois les Baker ont gagné.

— Et bien, cette fois-ci, ça va changer, promit Alvirah.

— Je l'espère bien, dans l'intérêt de votre amie, mais un petit conseil : dites-lui de se rendre au tribunal des successions et tutelles au

31 Chambers Street et de remplir une déclaration d'intention les attaquant pour captation d'héritage. Sinon, le testament pourra être homologué dans un délai allant de deux jours à deux mois, selon le juge. Si elle remplit ce formulaire, il aura au moins pour effet de retarder le transfert des biens. Qui est l'exécuteur testamentaire ?

— Vic Baker.

— Ils ont pensé à tout. Très bien, Alvirah, n'hésitez pas à me rappeler si je peux vous aider, et n'oubliez pas : je veux un article pour le journal.

— Vous en aurez un, croyez-moi, et j'ai déjà trouvé le titre. Inscrivez : “Tel est pris qui croyait prendre”. »

Charley rit : « Allez-y, Alvirah. Je compte sur vous. »

Tout en buvant sa troisième tasse de thé, Alvirah rapporta à Willy sa conversation. « Ecoute, mon chou, l'avertit-il gentiment. Te voilà remontée comme une pendule. Je sais que tu vas faire de ton mieux, mais promets-moi de ne pas prendre de risques. Je deviens trop vieux pour m'angoisser à l'idée que tu tombes du haut d'une terrasse ou que tu finisses noyée dans une baignoire.

— Ce n'est pas le genre des Baker, le rassura Alvirah d'un ton insouciant. Ils ne sont pas violents, seulement fourbes. Qu'est-ce que Cordelia t'a réservé aujourd'hui ?

— L'Arche. » Willy secoua la tête. « Tu sais, les inspecteurs n'ont pas tort. Cet endroit tombe en ruine. Il ne suffit pas de colmater avec du chewing-gum et de la colle à papier. Ensuite il devient nécessaire d'employer les grands moyens. Mais quoi qu'il en soit, je compte aussi travailler mon piano pendant une heure. Cordelia m'a entendu chanter *En cette longue nuit* pendant que je réparais une fuite hier, et la voilà qui s'est mis dans la tête d'en faire le morceau final de la fête. Et par-dessus le marché, elle tient à ce que ce soit moi qui le joue au piano. Pour montrer aux enfants que l'on peut apprendre à tout âge.

— C'est une idée formidable, s'écria Alvirah.

— Eh bien moi, je trouve que c'est une idée stupide, répliqua Willy, mais les gosses sont bon public et les parents ne s'intéresseront qu'à leur progéniture ; j'espère que personne ne fera attention à moi. Et toi, quelles sont tes intentions ?

— Je vais passer chez Kate. Tu sais, lorsqu'on perd quelqu'un, tout le monde vient te rendre visite pendant deux ou trois jours, puis, après l'enterrement, tu te réveilles un matin et tu comprends que tu ne reverras plus jamais le visage de celui ou celle qui vivait auprès de toi, que tu n'entendras plus jamais sa voix. Et c'est à ce moment qu'on a vraiment besoin d'amis, encore davantage dans le cas de Kate qui en plus de son deuil doit affronter ces escrocs. Après, j'irai annoncer au père Ferris que je connais l'identité de la jeune femme qui vient rôder autour de St. Clement. »

Avec son efficacité habituelle, Alvirah rangea la cuisine, fit le lit, prit sa douche et s'habilla, choisissant un simple tailleur-pantalon qu'elle avait acheté avec l'aide de son amie, la baronne Min von Schreiber, lors de son dernier voyage sur la côte Est. Comme Min aimait à le rappeler, Alvirah n'avait pas un goût très sûr en matière de vêtements. Livrée à elle-même, elle était instinctivement attirée par des styles et des couleurs qui ne lui convenaient pas. Un jugement qu'Alvirah acceptait avec humilité.

Alors qu'elle était sur le point de partir, elle s'immobilisa un instant, le temps d'écouter Willy exécuter quelques mesures d'*En cette longue nuit.* Il jouait de mieux en mieux, reconnut-elle fièrement. Ses lèvres formèrent silencieusement les paroles de la chanson, en mesure avec lui. La phrase « Tendrement je veillerai sur toi » ressemblait à une prière. Moi aussi je veille sur toi, Kate, pensa-t-elle.

En arrivant chez son amie, elle s'étonna de trouver une Kate calme et résolue qui lui annonça qu'après mûre réflexion elle avait décidé de chercher un autre logement, au pire une chambre meublée. Puisque Bessie avait voulu que sa maison soit habitée par les Baker, dit-elle, qu'on n'en parle plus et que sa volonté soit respectée. Les intentions de Bessie étaient claires, elle lui avait laissé la jouissance de l'appartement et une rente. « Mais je ne peux pas vivre sous le même toit que ces individus, Alvirah. Chaque fois que je pense à Bessie, que je l'imagine malade, tapant ce testament à son bureau et faisant venir des témoins à mon insu — c'est bien simple, j'ai l'impression qu'une lame me transperce le cœur.

— Kate, tu viens de me rappeler une chose à laquelle je n'avais pas prêté attention. Le testament a été signé lundi dernier, le 30 novembre, n'est-ce pas ? Mais il est daté du 28 novembre.

— Oui. La veille, Bessie avait avoué au père

Ferris que l'idée de transformer la maison en centre d'accueil pour enfants ne lui plaisait guère. Donc, alors même qu'elle en plaisantait avec moi pendant le week-end, disant que ce serait à moi de m'occuper de tous ces gamins, eh bien elle attendait que j'aie le dos tourné pour s'asseoir devant sa machine à écrire.

— Et es-tu sortie souvent pendant ce week-end ?

— Uniquement pour aller à la messe du matin, le samedi et le dimanche. Mais Bessie tapait très vite. Elle s'en vantait, comme tu le sais. Il ne lui aura pas fallu plus de vingt minutes pour taper ce testament.

— Oh, Kate ! » soupira Alvirah. Sa vieille amie faisait peine à voir. Tout désir de lutter semblait l'avoir désertée. Ses épaules se voûtaient sous le poids de la défaite, et la vitalité qui animait sa petite silhouette semblait s'être volatilisée. Alvirah savait qu'il ne servait à rien de discuter avec elle — Kate avait pris sa décision. Le mieux était de gagner du temps.

« Kate, dit-elle, fais-moi plaisir. J'ai obtenu des renseignements sur les Baker. Ils ont la réputation d'être de véritables escrocs. Mais ils n'ont jamais été arrêtés — pour l'instant ! Laisse-moi jusqu'à Noël pour apporter la preuve que ce n'est pas Bessie qui a rédigé ce testament, et que même s'il paraît signé de sa main, elle ne s'est pas rendu compte de ce qu'elle signait. »

Les yeux de Kate s'agrandirent. « Voyons, Alvirah, c'est impossible à prouver.

— Si, c'est possible. » Alvirah parlait avec une assurance qu'elle ne ressentait pas réellement. « Et je sais déjà par où commencer. Dès que j'aurai vu le père Ferris, je me rendrai à l'agence immobilière des Gordon et je leur dirai que je cherche un appartement à vendre. Ces deux-la risquent de me voir souvent pendant les deux prochaines semaines. Soit ils ont pris part au complot des Baker, soit ils n'y ont vu que du feu, mais d'une manière ou d'une autre j'en aurai le cœur net. »

15

Si jusqu'ici Lenny Centino avait échappé à la prison, c'est parce qu'il avait su limiter ses ambitions. Il livrait de la drogue par faibles quantités et irrégulièrement, si bien qu'en dehors des soupçons que nourrissait à son égard l'inspecteur Joe Tracy il n'avait jamais intéressé sérieusement la police. Et il ne vendait pas la came directement, il se bornait à la livrer ; au cas où il serait pris, il écoperait ainsi d'une peine plus légère. La drogue était payée à l'avance, ce qui lui évitait d'avoir à manipuler de l'argent. Il avait acquis la réputation, auprès des dealers et des utilisateurs, d'être un type de confiance et de ne jamais piquer dans la marchandise pour son usage personnel. En conséquence, il était très demandé.

Cependant, comme il préférait se tenir à

l'écart du monde toujours dangereux de la drogue, Lenny travaillait occasionnellement dans un magasin de spiritueux. C'était en faisant des livraisons pour le compte de celui-ci qu'il repérait des appartements. Cambrioleur habile, il n'opérait qu'après s'être assuré que les occupants des lieux étaient absents, et ne s'intéressait qu'aux bijoux et à l'argent.

Sa précédente et rentable activité de pilleur de troncs avait pris fin avec le vol commis à St. Clement. Le fait qu'il ait du même coup déclenché l'alarme de l'église et kidnappé involontairement Stellina lui avait servi de leçon. Ce genre d'opération devenait trop risqué. Aujourd'hui, même les plus petites églises étaient équipées d'une alarme.

Fort de son expérience et de sa capacité à toujours rebondir, il avait donc fait savoir à ses contacts qu'il était de retour en ville et de nouveau prêt à travailler pour eux. Le lundi après-midi, tout en buvant une ou deux bières au comptoir d'un bar, il s'était vanté d'avoir récemment monté une arnaque sous couvert d'une fausse société d'informatique. Ce que Lenny ignorait, c'était qu'un flic avait infiltré le groupe devant lequel il fanfaronnait, et déposé son rapport au commissariat; ledit rapport était tombé sous les yeux de l'inspecteur Tracy, qui avait fait placer Lenny sous surveillance. Ce que la police en revanche ne savait pas, c'était que Lenny craignait précisément de se trouver dans ce genre de situation et avait un plan pour disparaître. Il avait mis de l'argent en lieu sûr, possédait de fausses pièces d'identité et une planque au Mexique. Mais depuis son retour à New York, il avait ajouté un autre élément à son plan. Il était clair que la tante Lilly n'en avait plus pour longtemps. Lenny aimait sincèrement Star, qui de surcroît avait toujours été un atout pour lui. Il la considérait comme son porte-bonheur, et avait décidé que s'il devait quitter le pays il l'emmènerait avec lui.

Je suis son père, après tout, se disait-il. Je n'ai pas le droit de l'abandonner.

Implicitement, et à juste titre, Lenny était conscient qu'un homme voyageant avec une petite fille avait peu de chances d'être pris pour un escroc en fuite.

16

SONDRA s'était promis de ne plus rôder autour de St. Clement. Seule la venue prochaine de son grand-père pour le concert l'empêchait d'aller trouver la police. Je ne peux plus vivre ainsi, se disait-elle. Si quelqu'un a trouvé le bébé, lu le billet et décidé de garder l'enfant, et si ma petite fille vit aujourd'hui à New York, il est très possible qu'elle ait un faux acte de naissance. Déclarer qu'elle était née à domicile n'a pas dû poser de problème. A l'hôtel, personne n'a su que j'avais accouché toute seule et presque sans douleur.

La douleur était venue ensuite, se souvint-elle, se tournant et se retournant dans son lit. Comme l'aube pointait, elle finit par s'assoupir. Pour se réveiller quelques heures plus tard avec un affreux mal de tête.

Elle se leva et sans entrain enfila sa tenue de

jogging. Courir dissipera peut-être mes idées noires. Il faut que je sois capable de me concentrer pendant la répétition. J'ai commis trop d'erreurs dans ma vie, je ne veux pas rajouter un concert raté à la liste, ne serait-ce que pour grand-père.

Elle avait décidé de rester dans Central Park aujourd'hui, mais en approchant de la sortie nord du parc, ses pas instinctivement se dirigèrent vers l'ouest. Quelques minutes plus tard, elle se trouvait en face de St. Clement, de l'autre côté de la rue, se remémorant une fois encore l'instant où elle avait tenu son enfant dans ses bras pour la dernière fois.

La température s'était un peu réchauffée et la rue était plus animée. Sondra savait qu'elle ne pourrait s'attarder trop longtemps sans attirer l'attention. Le manteau blanc qui recouvrait les trottoirs le jeudi précédent avait presque complètement fondu, ne laissant qu'une gadoue grisâtre.

Il faisait si froid cette nuit-là, se souvint-elle, et la neige dans les caniveaux était gelée. La vieille voiture d'enfant avait une tache sur le côté. J'avais nettoyé l'intérieur, mais tout était tellement miteux que l'idée d'y mettre le bébé me répugnait, même pour une minute. Quelqu'un dans l'hôtel avait jeté un grand sac en papier dans lequel j'ai enveloppé l'enfant pour le protéger davantage. Je me rappelle qu'il portait la marque Sloan. J'avais acheté les biberons et le lait en poudre dans une pharmacie.

Sondra sentit une tape sur son épaule. Surprise, elle se retourna et aperçut le visage bienveillant d'une femme aux cheveux roux, plutôt rondelette, âgée d'une soixantaine d'années. « Vous avez besoin d'aide, Sondra, dit gentiment Alvirah. Et je crois que je peux vous l'apporter. »

Elles prirent un taxi jusqu'à Central Park South. Chez elle, Alvirah prépara du thé et des toasts.

« Je parie que vous n'avez rien mangé de la journée », dit-elle.

Retenant une fois de plus ses larmes, Sondra fit un signe timide de la tête. Elle éprouvait un sentiment d'irréalité, mêlé d'un immense soulagement. Dans cet appartement inconnu, en présence de cette inconnue, elle se sentait étrangement rassurée.

Elle savait qu'elle allait bientôt raconter toute l'histoire du bébé à Alvirah Meehan et elle avait l'intuition que cette femme qui avait soudain surgi sur sa route trouverait un moyen de l'aider.

Vingt minutes plus tard, Alvirah déclara d'un ton ferme : « A présent, écoutez-moi, Sondra. En premier lieu, cessez de vous culpabiliser. Cette histoire s'est passée il y a sept ans ; vous n'étiez qu'une gosse. Vous n'aviez pas de mère. Vous vous sentiez responsable de votre conduite devant votre grand-père. Vous avez eu votre bébé toute seule, vous avez tout organisé toute seule et vous vous en êtes bien sortie. Vous avez acheté les vêtements, les biberons et le lait, et fait des économies pour que l'enfant naisse à New York, en pensant que vous viendriez y vivre vous-même. Vous avez habillé et placé le bébé au chaud et en sécurité dans une poussette sur le perron du presbytère. Et vous avez choisi cette église où était venu se réfugier votre grand-père lorsqu'il avait appris qu'il lui faudrait renoncer à sa carrière de violoniste. Vous avez téléphoné au presbytère moins de cinq minutes plus tard, puis vous avez cru que quelqu'un avait trouvé votre bébé à l'endroit où vous l'aviez laissé.

— C'est vrai, dit Sondra, mais supposez que des gamins aient emmené la poussette ailleurs pour s'amuser. Supposez que le bébé soit mort de froid et qu'en le découvrant, craignant d'être accusés… Supposez…

— Supposez plutôt que de braves gens l'aient trouvé et qu'il soit aujourd'hui la joie de leur existence », dit à son tour Alvirah avec une conviction qu'elle ne ressentait pas. Des gens honnêtes auraient certainement prévenu la police, et ensuite seulement ils auraient fait les démarches pour l'adopter, pensa-t-elle. Ils n'auraient pas gardé le silence pendant toutes ces années.

« Je n'en demande pas plus, dit Sondra. Je n'en mérite pas plus, car je ne sais pas…

— Vous méritez beaucoup plus que vous ne le croyez. Accordez-vous un peu d'indulgence, répliqua vivement Alvirah. Désormais, vous devez penser à votre répétition et au concert que vous allez offrir à tous les mélomanes de New York. Laissez-moi me charger de l'enquête. » Spontanément, elle ajouta : « Sondra, savez-vous que vous êtes ravissante quand vous souriez ? Il faut sourire plus souvent, croyez-moi. »

En buvant une deuxième tasse de thé, elle écouta Sondra se confier à elle.

« Imaginez ce qu'était la charge d'une petite fille de dix ans pour mon pauvre grand-père, un homme seul, critique musical et professeur de musique, dit Sondra avec un sourire pensif. Il vivait dans un agréable trois pièces sur le lac Michigan, à Chicago, et il n'avait pas les moyens de prendre un appartement plus grand.

— Qu'a-t-il fait lorsque vous êtes arrivée dans sa vie ?

— Il a changé toutes ses habitudes pour moi. Il a transformé son bureau en chambre à coucher et m'a donné sa grande chambre. Lorsqu'il sortait, il engageait quelqu'un pour s'occuper de moi. Je dois ajouter que grand-père adorait sortir, dîner avec des amis, se rendre au concert. Pour moi, il s'est privé de bien des choses.

— Vous recommencez à vous culpabiliser, l'interrompit Alvirah. Je suis certaine qu'il se sentait seul avant votre arrivée. Je suis certaine qu'il a été très heureux de vous avoir à ses côtés. »

Le sourire de Sondra s'épanouit. « Peut-être, mais en échange il a perdu sa liberté d'aller et de venir à sa guise, il a renoncé à plusieurs petits avantages dont il profitait. » Le sourire s'évanouit. « J'espère lui avoir donné une certaine compensation. Je suis devenue une bonne musicienne, une bonne violoniste.

— Bravo ! dit Alvirah. Enfin vous dites quelque chose de positif à votre sujet ! »

Sondra éclata de rire. « Vous savez, Alvirah, vous avez vraiment le don de trouver les mots qu'il faut !

— C'est aussi l'avis de mon rédacteur en chef, convint Alvirah. Bon. Je vois le tableau. Vous vous êtes sentie obligée de réussir, vous avez obtenu cette bourse, vous avez rencontré un homme talentueux et séduisant, vous aviez à peine dix-huit ans, et vous êtes tombée amoureuse. Il vous a probablement raconté qu'il était amoureux fou de vous, et, admettons-le, vous étiez vulnérable. Vous n'aviez ni père ni mère, ni frère ni sœur. Seulement un grand-père qui n'était plus en bonne santé. J'ai bien compris la situation ?

— Oui.

— Nous connaissons la suite. Passons au présent. Aucune femme aussi jolie et douée que vous ne vit seule. Avez-vous quelqu'un dans votre vie ?

— Non.

— Trop vite dit, Sondra. Ce qui signifie que vous avez un petit ami. Qui ? »

Il y eut un long silence. « Gary Willis. Il fait partie de l'administration de l'orchestre symphonique de Chicago, répondit Sondra à contrecœur. Il a trente-quatre ans, huit ans de plus que moi, il est très beau, très gentil, et il veut m'épouser.

— Jusqu'ici, tout va bien, jugea Alvirah. Et il ne vous intéresse pas ?

— Si... peut-être... Mais je ne suis pas prête pour le mariage. Je ne sais plus très bien où j'en suis sur le plan émotionnel. J'ai peur qu'en me mariant je ne puisse jamais regarder le visage d'un nouvel enfant sans me souvenir que j'ai abandonné sa grande sœur en plein froid dans un sac en papier. Gary s'est montré très patient et compréhensif. Vous ferez sa connaissance. Il viendra au concert avec mon grand-père.

— A vous entendre, il m'est déjà sympathique, dit Alvirah. Et n'oubliez pas une chose, quatre-vingt-dix pour cent des femmes aujourd'hui changent de mari, de famille ou de carrière. J'en parle en connaissance de cause. »

Sondra contempla le décor raffiné de l'appartement et la vue spectaculaire sur Central Park. « Que faites-vous dans la vie, Alvirah ?

— A l'heure où nous parlons, j'ai trois casquettes : gagnante du loto, détective amateur et chroniqueuse au *New York Globe.* Il y a trois ans, j'étais une des meilleures femmes de ménage de la planète. »

Le rire de Sondra trahissait son incrédulité, mais Alvirah n'insista pas. Nous aurons tout le temps plus tard pour discuter de l'histoire de ma vie, décida-t-elle.

Elles se levèrent en même temps. « Il faut que j'aille travailler, dit Sondra. Le répétiteur qui vient me faire jouer aujourd'hui a une réputation qui fait trembler les jeunes musiciens comme moi.

— Allez-y, et donnez le meilleur de vous-même, dit Alvirah. De mon côté, je vais chercher le moyen de retrouver discrètement la piste de votre bébé. Je vous téléphonerai tous les jours, promis.

— Alvirah, grand-père et Gary arriveront à New York pendant la semaine précédant le concert. Je sais que grand-père voudra se rendre à St. Clement. Il sera navré d'apprendre que le calice de l'évêque Santori a disparu. Mais au cas où nous rencontrerions le père Ferris dans l'église, voudriez-vous aller lui parler d'abord, lui expliquer la situation et lui demander de ne pas dire à grand-père qu'il m'a vue errer dans les environs du presbytère ?

— Bien sûr. »

En traversant le salon, Sondra s'immobilisa devant le piano, où la méthode *John Thompson* pour adultes débutants trônait sur le pupitre, ouverte à la page d'*En cette longue nuit.*

Elle se pencha et joua la mélodie d'une main. « J'avais oublié cette chanson ; elle est charmante, n'est-ce pas ? » Sans attendre de réponse, elle la rejoua en fredonnant : « Dors, mon enfant, dors, et que la paix du ciel descende sur toi en cette longue nuit ; dors, ses anges gardiens le Seigneur t'enverra, en cette nuit. »

Elle s'interrompit. « C'est un air de circonstance, n'est-ce pas ? » Sa voix se brisa. « J'espère que mon bébé a trouvé un ange gardien cette nuit-là. » Elle parut soudain au bord des larmes.

« Je vous téléphonerai », promit Alvirah, regardant Sondra s'en aller à la hâte.

17

« Tu n'as plus rien à me demander, Cordelia ? s'enquit Willy d'un ton las. Les deux toilettes fonctionnent, mais à mon avis tu devrais demander à tes gamins de ne pas y jeter des tonnes de papier. Ces tuyauteries appartiennent à un bâtiment vétuste. D'ailleurs, moi non plus je ne suis plus de la première jeunesse, ajouta-t-il avec un soupir.

— Balivernes, rétorqua sa sœur. Tu es encore un jeune homme, William. Attends d'avoir mon âge. » Il y avait huit ans de différence entre le frère et la sœur.

« Cordelia, le jour de tes cent ans, je te parie que tu auras encore plus d'énergie qu'une danseuse de music-hall, prédit Willy.

— A propos d'énergie, je suis censée superviser la répétition de la fête. Viens, montons à l'étage. Les enfants vont bientôt rentrer chez eux. » Cordelia saisit Willy par le bras et l'entraîna en direction de l'escalier.

Il était six heures moins le quart, et la répétition battait son plein. Ils en étaient à la scène finale, dans l'étable. Stellina, le visage grave, était agenouillée en face d'un Jerry Nuñez aux yeux rieurs ; entre eux s'étalait la couverture figurant le berceau de l'Enfant Jésus.

Les Rois mages, conduits par José Diaz, s'approchaient par la gauche et les bergers se rassemblaient à droite.

« Un peu moins vite, vous tous ! ordonna Cordelia en levant et abaissant la main. Un pas à la fois, et ne poussez pas. Jerry, garde les yeux baissés. Tu dois contempler le bébé, pas les bergers.

— Willy, s'il te plaît, joue l'air final, demanda-t-elle.

— J'ai laissé la partition à la maison, Cordelia. Je n'avais pas prévu de rester aussi longtemps.

— Alors, chante-le. Dieu t'a donné une belle voix. Commence très doucement, comme tu le fais lorsque tu es au piano, puis de plus en plus fort. Les enfants t'accompagneront, d'abord Stellina et Jerry, puis les Rois mages et les bergers, et enfin le chœur. »

Willy préféra ne pas contredire sa sœur. « Dors, mon enfant..., commença-t-il.

— José, si je te vois encore faire un croche-pied à Denny, je vais te tirer les oreilles, dit sévèrement Cordelia, interrompant son frère. Vas-y, Willy, recommence. »

Bientôt, Stellina et Jerry se joignirent à lui, leurs jeunes voix claires et pures se mêlant à son timbre de ténor.

Quelle voix exquise a cette enfant, se dit Willy en écoutant Stellina. Je jurerais qu'elle a l'oreille absolue. Il observa les yeux sombres et graves. Une enfant de sept ans ne devrait pas avoir un regard aussi triste, pensa-t-il, tandis que les Rois mages et les bergers, puis tous les enfants se joignaient à eux. « Lentement approche l'heure où tout s'endort, monts et vaux sombrent dans le sommeil, tendrement je veille sur toi, en cette longue nuit. »

A la fin, Willy, Cordelia, sœur Maeve et les autres bénévoles applaudirent vigoureusement. « Chantez et jouez aussi bien dans deux semaines, le jour de la représentation, et nous serons tous très heureux, dit Cordelia aux enfants. A présent, enfilez vos manteaux et vos bonnets, et ne les mélangez pas. Vos parents vont venir vous chercher, et il ne faut pas les faire attendre. N'oubliez pas qu'ils ont travaillé toute la journée et qu'ils sont fatigués. » Elle se tourna vers Willy. « Et j'ajouterais : moi aussi.

— C'est rassurant d'apprendre que même toi tu connais certaines limites, dit Willy. Bon, au point où j'en suis, je peux aussi bien vous aider à tout ranger. »

Vingt minutes plus tard, les deux religieuses et Willy se tenaient à la porte de l'immeuble, attendant que Mme Nuñez vienne chercher Stellina et Jerry. Lorsqu'elle arriva, hors d'haleine et la mine contrite, ils écartèrent d'un geste ses excuses.

Cordelia l'attira à l'écart. « Comment va la tante de Stellina ? demanda-t-elle.

— Mal, murmura Mme Nuñez. Ils vont sûrement l'hospitaliser avant la fin de la semaine, j'en suis certaine. » Elle se signa. « Au moins, le père de la petite est revenu. C'est déjà ça. » Elle renifla, trahissant le peu de confiance qu'elle accordait au neveu de son amie.

Une fois Mme Nuñez et les deux enfants partis, Cordelia dit : « Pauvre petite. Sa mère l'a abandonnée alors qu'elle venait de naître. Elle va perdre la grand-tante qui l'a élevée, et le père ne semble pas très présent. D'après ce que je sais, c'est plutôt un vaurien.

— Pire que ça, renchérit sœur Maeve. Samedi soir, il est venu chercher Stellina. Je lui ai trouvé l'air louche, et j'ai fait une petite enquête auprès des gars du commissariat.

— Tu gardes un pied dans la maison, hein, inspecteur ? demanda Willy.

— Ça peut toujours servir. A ce qu'on dit, ce M. Centino pourrait avoir prochainement de graves ennuis.

— Ce qui signifie que cette adorable enfant risque de se retrouver dans un foyer d'adoption, conclut Cordelia tristement. Et dans quelques semaines nous ne pourrons même plus veiller sur elle. » Elle soupira. « Bon, c'est assez pour aujourd'hui. Rentre chez toi, Willy. Tu as été formidable, tu pourras toucher ton salaire à la fin de la semaine.

— Très drôle. » Il sourit, reconnaissant l'humour de sa sœur. En quittant l'immeuble, ils s'attardèrent un moment sur le trottoir. « Allez boire un verre à ma santé et reposez-vous bien, dit Willy aux deux religieuses. Je vous emmènerais volontiers dîner, mais je n'ai pas parlé à Alvirah depuis qu'elle m'a prévenu à midi qu'elle partait visiter des appartements, et je me demande à quelle heure nous allons manger. »

Cordelia eut l'air stupéfaite. « Tu plaisantes, j'espère. Je croyais que vous adoriez l'endroit où vous habitez ? Alvirah m'a toujours dit qu'elle ne le quitterait que contrainte et forcée. Ne me dis pas qu'elle envisage sérieusement de déménager.

— Bien sûr que non. Elle essaie seulement d'obtenir des renseignements sur le couple d'agents immobiliers qui a assisté à la signature du testament de Bessie. Elle espère qu'à force de visiter des appartements avec l'un ou l'autre elle finira par savoir s'il s'est passé quelque chose d'anormal au moment de la signature. Quoi qu'il en soit, je rentre à la maison, mais laissez-moi vous dire que vous avez fait un travail formidable toutes les deux. La fête va être superbe. Vous devriez inviter le maire — lui montrer ce que vous faites. »

Le compliment ne dérida pas le visage soucieux des deux femmes, et lorsqu'il arriva chez lui, ce fut pour y trouver une Alvirah tout aussi préoccupée. « J'ai les pieds en compote, tellement j'ai marché avec Eileen Gordon pour visiter ces satanés appartements, dit-elle.

— Tu as appris quelque chose, au moins ?

— Oui, que c'est une femme charmante, et je parie tout ce que tu veux qu'elle ne volerait pas une goutte d'eau à son voisin, même si elle mourait de soif.

— J'en déduis donc que les Baker ont probablement trompé sa confiance ainsi que celle de son mari, conclut Willy.

— Probablement, mais j'espérais tellement qu'eux aussi seraient des escrocs. Il est plus facile de tendre un piège à des fripouilles que de convaincre deux innocents qu'ils se sont fait rouler dans la farine. »

18

Les liens du révérend père Thomas Ferris avec St. Clement remontaient à plus de quarante ans. A l'époque, il venait d'être ordonné prêtre. Sept ans après, il avait été transféré dans une paroisse du Bronx, avant de faire partie de l'entourage du cardinal à la cathédrale. Depuis dix ans, il était curé de St. Clement, et il espérait le rester jusqu'à la fin de sa vie active. Au fond, St. Clement était sa demeure d'élection ; il était fier de son église, de son histoire et de sa situation dans la communauté. Le seul incident à avoir terni son ministère, et qui le tourmentait encore sept ans plus tard, avait été le vol du calice de l'évêque Santori.

« Je m'en veux car le vol a eu lieu le jour où c'était à moi de veiller sur les lieux, disait-il aux autres prêtres. Nous avions été avertis d'une série de cambriolages dans les églises, mais je n'ai pas été suffisamment attentif. Bien sûr, il y avait des alarmes aux portes et aux fenêtres, mais ce n'était pas assez. J'aurais dû faire installer une caméra de surveillance. J'en avais parlé, sans jamais prendre la décision. »

Et le signal d'alarme qui équipait le tabernacle contenant le calice de l'évêque n'avait servi à rien. A l'heure où la police était arrivée, le voleur et le calice étaient déjà loin.

Cette perte affectait le père Ferris tout particulièrement à l'approche de Noël, le calice ayant disparu pendant l'Avent.

On naît saint, on ne le devient pas — il en était convaincu. Il avait rencontré Mgr Santori à la fin de sa vie, alors que l'évêque avait renoncé à ses responsabilités officielles et vivait dans la paroisse de St. Clement où il devait finir ses jours. Cet homme était baigné d'une aura de sainteté, se rappela-t-il.

Le lundi soir, en fermant l'église, il passa devant le confessionnal. Le voleur du calice s'était sans doute caché là, pensa-t-il. S'il ne s'intéressait qu'au diamant, il ne me reste qu'à prier pour qu'il n'ait pas jeté le vase à la décharge après son larcin.

A la vérité, le père Ferris ne croyait pas que

le calice ait été détruit. Une idée farfelue lui avait récemment traversé l'esprit, la pensée que ce vol s'était produit parce que le calice était devenu nécessaire ailleurs, qu'il remplissait une plus vaste mission.

En quittant l'église après avoir soigneusement verrouillé la porte, il regarda machinalement de l'autre côté de la rue, se demandant si la mystérieuse jeune femme était encore là aujourd'hui. Il ne vit personne et en éprouva un moment de regret; il avait espéré qu'elle serait de retour. Il avait souvent vu des femmes ou des hommes s'attarder aux alentours de l'église, hésitant à venir se libérer auprès de lui de leur fardeau. Ils finissaient par rassembler leur courage et s'approcher de lui. « Mon père, j'ai besoin d'aide », commençaient-ils.

Sa fidèle gouvernante avait laissé le dîner au chaud dans le four. Le vicaire étant sorti pour la soirée, le père Ferris s'offrit le luxe de lire tout en dégustant son simple dîner accompagné d'un verre de vin. Son repas terminé, il rinça consciencieusement la vaisselle et la mit dans la machine à laver, se souvenant avec un certain amusement des jours anciens où le directeur de la paroisse — que les six ou sept vicaires appelaient « le boss » — régnait en monarque absolu, et où le presbytère employait une intendante qui cuisinait à merveille et servait des repas délicieux trois fois par jour.

Ce fut au moment du café que la sonnerie du téléphone mit fin à la tranquillité de sa soirée. L'appel provenait d'Alvirah. « Mon père, dit-elle, j'ai une amie dans la peine dont j'aimerais vous entretenir. Voyez-vous, je suis en train d'écrire un article sur une jeune fille qui, il y a sept ans, a abandonné son nouveau-né sur le perron d'un presbytère... » Elle s'interrompit un instant. « Et si je vous raconte cela, c'est parce qu'il s'agit de votre presbytère.

— Voyons, Alvirah, jamais il n'est arrivé une chose pareille !

— Détrompez-vous, mon père, c'est arrivé, mais vous n'en avez rien su. C'est bel et bien arrivé, j'en suis convaincue. De toute façon, le journal a l'intention de publier cet article en première page, et puisque nous devons préserver l'identité de la mère nous voudrions que les appels vous soient adressés. Après tout, il s'agissait de votre presbytère. Je compte offrir une grosse récompense pour toute information concernant le bébé. Vous n'aurez qu'à prendre les appels au fur et à mesure.

— Alvirah, n'allez pas si vite.

— Il le faut. C'est l'époque idéale pour dévoiler ce genre d'histoire. A Noël, les gens sont particulièrement sensibles aux récits poignants, et par ailleurs l'enfant a eu sept ans la semaine dernière. Bref, je suis en train d'écrire mon article, et il faut que je sache si vous acceptez de servir d'intermédiaire et si je peux communiquer votre nom.

— J'aimerais d'abord connaître exactement le contenu de ce que vous allez écrire.

— Bien entendu. Je suis désolée de vous forcer la main, mais grâce à l'article et à la récompense promise je pense attirer l'attention d'un grand nombre de gens. Nous comptons réellement retrouver la petite fille, et en ne donnant pas le nom de la mère nous espérons éviter qu'une personne bien intentionnée ne la fasse arrêter pour abandon d'enfant. A vrai dire, peut-être vaudrait-il mieux que vous-même ignoriez qui elle est, qu'en pensez-vous ?

— Laissez-moi y réfléchir.

— Le problème ne se pose pas pour moi, expliqua Alvirah. Je peux faire valoir la confidentialité des sources si l'on m'interroge. »

J'aurais moi aussi le moyen de refuser de parler, pensa le père Ferris, mais on n'utilise pas à son aise le secret de la confession.

« Attendez, Alvirah. Vous dites que cette histoire a eu lieu il y a exactement sept ans. S'agirait-il du soir où l'on a dérobé le calice ? Est-ce à ce moment-là que le bébé a été abandonné ?

— Oui, il semblerait que oui. Lorsque la mère a téléphoné au presbytère, c'est un prêtre d'un certain âge qui a répondu. Elle a demandé à vous parler mais il lui a répondu que vous étiez dehors avec la police parce qu'il s'était passé quelque chose et que tout le monde était surexcité. Elle a cru que vous veniez de découvrir le bébé. »

Le père Ferris n'hésita plus. « Ecrivez votre article, Alvirah. Je vous soutiens. »

Il raccrocha le combiné avec un sentiment de stupéfaction. Se pouvait-il que la personne qui avait pris le nouveau-né ait vu le voleur s'enfuir de l'église et qu'elle soit capable de fournir une indication, même vague, quant à son identité ? Dans ce cas, en aidant cette malheureuse jeune mère, le père Ferris pourrait du même coup résoudre la question qui le hantait : qu'était devenu le calice ?

19

CHAQUE fois que Kate pénétrait dans la chambre de Bessie, une pensée la turlupinait : elle avait le souvenir que quelque chose dans cette pièce avait besoin d'être réparé, mais elle était incapable de préciser quoi. En désespoir de cause, elle se tourna vers saint Antoine, le priant de l'aider à fouiller dans sa mémoire. Certes, elle avait coutume de l'invoquer chaque fois qu'elle perdait un objet quelconque, ses lunettes, son carnet d'adresses ou encore son seul bijou, un petit solitaire dans une monture de Tiffany qui avait été la bague de fiançailles de sa mère.

Cette fois-là, il avait fallu deux semaines à saint Antoine pour l'aider à se rappeler qu'elle avait caché la bague dans un flacon d'aspirine vide le jour où elle était partie avec Bessie en excursion à Williamsburg.

« Voyez-vous, saint Antoine, expliquait-elle, rangeant soigneusement dans un carton ouvert sur le lit une pile de sous-vêtements. Je crois qu'Alvirah a raison et que les Baker sont parvenus à tromper Bessie et à me chasser de cette maison. Bien sûr, je n'en suis pas absolument certaine, mais je suis troublée, car chaque fois que j'entre dans cette pièce et que mon regard se pose sur le bureau où trône la vieille machine à écrire de Bessie, une sorte de signal d'alarme se déclenche dans ma tête. »

Kate remarqua une maille filée sur un bas. « Pauvre Bessie, dit-elle à voix haute. Sa vue baissait, mais elle refusait que je l'emmène se commander de nouvelles lunettes. Pourquoi gâcher de l'argent, disait-elle, puisque je ne vivrai probablement pas jusqu'à Noël ? »

Et elle ne s'était pas trompée, soupira Kate tout en retirant du second tiroir de la commode les chemises de nuit en flanelle que portait invariablement Bessie pour la nuit. « Grands dieux ! s'exclama-t-elle en sortant une chemise rose à fleurettes et col de dentelle. Ma pauvre sœur l'a sans doute rangée sans même s'apercevoir qu'elle l'avait déjà portée. » Elle secoua la tête. « Je vais la laver avant de l'emballer », murmura-t-elle.

Elle secoua la tête. Non, en réalité elle a dû l'ôter après l'avoir enfilée, se dit-elle. Elle avait horreur de la dentelle. Elle disait que ça lui grattait le cou. Ce qui m'étonne, c'est qu'elle ait voulu la mettre.

Elle tenait encore la chemise de nuit à la main quand un bruit la fit sursauter. Elle se retourna. A nouveau Vic Baker se tenait sur le seuil, le regard rivé sur elle. «Je rassemble les affaires de ma sœur avant de les adresser aux bonnes œuvres, dit-elle d'un ton sec. A moins que votre femme ne veuille aussi les chemises de nuit.»

Sans répondre, Vic fit demi-tour. Cet homme me glace le sang, pensa Kate. Il y a quelque chose de menaçant dans son attitude. Je ne serai pas mécontente de partir d'ici.

Le soir, elle se rendit à la buanderie et constata avec étonnement que la chemise de nuit rose de Bessie n'était plus dans la petite pile de linge qu'elle avait déposée près de la machine à laver. Je perds la tête, se dit-elle. J'aurais juré l'avoir descendue. Bon, je l'ai sans doute emballée par inadvertance. Maintenant, je n'ai plus qu'à fouiller dans tous ces maudits cartons pour la retrouver.

20

Le vendredi 11 décembre, l'article d'Alvirah sur le bébé qui avait été abandonné sept ans auparavant à la porte du presbytère de St. Clement parut en première page du *New York Globe.* Presque à la minute où le journal était distribué dans les kiosques, les coups de téléphone affluèrent sur la ligne spéciale qui avait été installée au dernier moment au presbytère.

Chargée de répondre aux appels, la fidèle secrétaire du père Ferris annonçait qu'elle enregistrait toutes les conversations et lui communiquerait celles qui lui paraissaient dignes d'attention. Pourtant, quand il appela Alvirah le lundi matin, le père Ferris paraissait découragé. « Sur les deux cents appels que nous avons reçus jusqu'à présent, aucun n'a le moindre intérêt, dit-il. Qui plus est, beaucoup d'entre eux proviennent de personnes indignées n'éprouvant aucune compassion pour une femme qui a abandonné un nouveau-né dans le froid, ne serait-ce que pendant quelques instants.

— La police s'est-elle manifestée ? demanda Alvirah.

— Seule une assistante sociale est venue, et elle n'était pas particulièrement aimable, croyez-moi. Une seule chose est certaine : il n'y a pas eu de nouveau-né de sexe féminin trouvé mort ou abandonné à New York à cette date.

— C'est déjà ça, soupira Alvirah. Je suis tellement déçue que notre plan ne mène à rien. J'avais pensé que c'était une bonne idée.

— Moi aussi. Comment la maman supporte-t-elle tout ça ? Soit dit en passant, j'ai compris qu'il s'agissait de cette jeune femme que j'ai souvent vue par ici la semaine dernière.

— Mais vous pouvez honnêtement prétendre que vous ignorez son identité, n'est-ce pas ? » demanda Alvirah avec une légère inquiétude dans le ton. Comme à l'accoutumée, elle enregistrait leur conversation, au cas où le père dirait quelque chose d'important qu'elle ne saisirait pas tout de suite.

« Vous pouvez garder votre micro en marche,

Alvirah. J'ignore qui elle est et je ne veux pas le savoir. A propos, êtes-vous vraiment à la recherche d'un appartement, comme on me l'a raconté ?

— J'en ai tellement visité que je ne tiens plus sur mes jambes, admit Alvirah. Les Gordon sont des gens honnêtes et respectables, mais comme agents immobiliers, ce ne sont pas des lumières. Ils sont capables de vous faire visiter un trou à rat en vous racontant que c'est un endroit charmant, et le plus fort c'est qu'ils le croient ! Ensuite, ils sont tout fiers de vous annoncer que le propriétaire ne demande que neuf cent mille dollars au lieu du million deux cent mille annoncé.

— Les agents immobiliers doivent montrer de l'enthousiasme pour les endroits qu'ils font visiter, Alvirah. Ça s'appelle de l'optimisme.

— Pour ma part, j'appellerais plutôt ça des œillères, répliqua Alvirah. Quoi qu'il en soit, je pars avec Eileen visiter un appartement dont elle dit qu'il a une vue spectaculaire sur Central Park. Je m'attends à tout. Ensuite j'irai rendre visite à Kate et j'essaierai de lui remonter le moral.

— Espérons que vous y parviendrez. Elle ne cesse de relire le testament de Bessie et d'augmenter ainsi son chagrin. Sa dernière trouvaille est que Bessie s'est appliquée à signer avec une telle force que la plume a presque transpercé le papier. “Comme si elle était impatiente de faire don de sa maison à des étrangers !” »

Après avoir raccroché, Alvirah resta une vingtaine de minutes perdue dans ses pensées. Puis elle enfila son manteau et sortit sur la terrasse.

Le vent lui cingla le visage et elle frissonna, bien qu'elle fût chaudement habillée. J'ai tout raté, se dit-elle, je pensais rendre service à Sondra et je lui ai redonné confiance pour rien. Résultat, elle sera encore plus malheureuse. Son grand-père et son ami arrivent demain, il faut qu'elle fasse bonne figure devant eux, et qu'elle répète son concert du 23.

Par ailleurs, j'ai donné espoir à Kate de faire casser le testament de Bessie, mais après avoir visité pratiquement tous les appartements à vendre du West Side, la seule chose dont je sois certaine c'est que Jim et Eileen sont les gens les plus honnêtes du monde mais qu'ils devraient pratiquer un autre métier.

«Jusqu'à présent, je n'ai rien appris, déclara-t-elle tristement à Kate lorsqu'elle passa lui rendre visite. Mais comme je le dis toujours : rien n'est perdu tant qu'il reste un espoir.

— Oh si, Alvirah, dit Kate, je crois bien que tout est perdu. Ce qui me tracasse, c'est d'être constamment en train de ressasser les mêmes choses. Je ne cesse de revoir Bessie lors de ce fameux lundi, quand je l'ai laissée devant la télévision, en train de regarder un de ses feuilletons préférés — tu sais qu'elle ne ratait jamais *Urgences* ou *Une femme en blanc* — , me commentant chaque épisode, parlant comme une mitraillette, épiloguant sur tous les personnages, sur les malheurs qui leur arrivaient. Et dire que pendant tout ce temps, elle projetait de me porter ce mauvais coup... »

Cette nuit-là, comme chaque fois qu'elle menait une enquête, Alvirah éprouva de la difficulté à s'endormir. A une heure du matin elle abandonna la partie, alla à la cuisine, se prépara du thé et écouta ses enregistrements depuis le début.

Hercule Poirot... allons, fais marcher ta cervelle comme lui.

A sept heures, quand Willy sortit de la chambre en se frottant les yeux, sa femme l'accueillit avec une mine triomphante. « Willy, j'ai peut-être une idée, annonça-t-elle, tout excitée. Le point crucial est la signature de Bessie sur le testament. On ne peut rien dire à partir d'une copie. Ce matin, j'ai l'intention d'aller au tribunal des successions et de demander à examiner l'original. Qui sait ce que je vais découvrir.

— S'il y a quelque chose à découvrir, tu le trouveras, mon chou, dit Willy, la voix encore ensommeillée. Je place toute la mise sur toi. »

21

On lui avait proposé un gros coup plus gros que tous ceux dans lesquels il avait trempé jusqu'ici, plus gros même que celui de la société d'informatique bidon. Ce n'était pas son style habituel, mais Lenny était prêt à courir le risque — un bon paquet de fric, de quoi vivre à l'aise pendant des années. De plus, il était temps pour lui de filer au Mexique, surtout maintenant que la mère de Star était en ville et cherchait à retrouver sa fille.

L'article dans le *New York Globe* l'avait drôlement ébranlé. On y relatait la façon dont Star avait été abandonnée sur le perron du presbytère ; tous les détails y étaient. Supposons que des voisins dans son immeuble se mettent à calculer et se souviennent qu'il avait débarqué ici exactement sept ans auparavant avec sa fille nouveau-née — cette pensée ne cessait de le tracasser. Et qui sait ? Quelqu'un pouvait même se rappeler la minable voiture d'enfant bleue avec une tache sur le côté.

Certaines chaînes de radio s'étaient emparées de l'affaire. Don Imus en particulier s'était largement étendu sur le sujet. Il avait invité le directeur de la police, et ce dernier avait déclaré que si l'on trouvait la personne ou les personnes qui avaient enlevé l'enfant, elles seraient inculpées de kidnapping et risquaient la perpétuité.

« Lorsque vous trouvez un objet de valeur dont vous ne connaissez pas le propriétaire, vous êtes censé le rendre, avait dit le directeur de la police. C'est la loi. Et qu'est-ce qui a plus de valeur qu'un nouveau-né ? »

Ils avaient parlé du billet, dont le contenu était cité mot pour mot dans l'article. « Le fait que la mère ait désiré un foyer pour son enfant ne signifie pas n'importe quel foyer, avait expliqué le directeur de la police. Cet enfant est devenu pupille de l'Etat le jour où sa mère l'a abandonné, et, parlant au nom de l'Etat, nous voulons le retrouver. Si quelqu'un a une idée, même vague, concernant la personne qui pourrait détenir l'enfant, j'espère qu'il se manifestera immédiatement. Je garantis que son appel restera anonyme, et que la récompense sera attribuée sans publicité. »

Une autre question avait traversé l'esprit de Lenny ce mardi matin pendant qu'il remuait le sucre et le lait chaud dans la tasse de café fort qu'il s'apprêtait à apporter à Lilly. La santé de sa tante empirait — elle avait à peine quitté son lit ces derniers jours — et il savait que si elle était hospitalisée et parlait de Star à quelqu'un, des assistantes sociales débarqueraient sur-le-champ dans l'appartement pour s'occuper de la môme.

Lorsqu'il arriva dans la chambre, Lilly avait les yeux fermés mais elle les rouvrit dès qu'elle entendit ses pas. « Lenny, je ne me sens pas bien, dit-elle, mais si je fais venir le docteur, je sais qu'il m'enverra à l'hôpital et je ne veux pas y aller avant d'avoir vu Stellina en Vierge Marie à la fête. Ensuite, quand je serai à l'hôpital, je veux qu'elle aille habiter chez Gracie Nuñez jusqu'à mon retour. Tu me le promets ? »

Lenny savait que la fête aurait lieu dans l'après-midi du lundi suivant, le 21 ; c'était aussi le jour prévu pour le coup qu'il devait exécuter. Lilly n'avait aucune chance d'assister à la fête, mais si elle tenait bon jusque-là, il n'y voyait que des avantages. Une fois son affaire bouclée, il ferait hospitaliser sa tante, et lorsqu'elle serait hors circuit, il prendrait la route avec Star, probablement à minuit. C'est mon porte-bonheur, pas question que je m'en sépare.

Il plaça avec précaution la tasse de café sur la table branlante près du lit. « Je vais prendre soin de toi, tante Lilly, promit-il. Stellina aurait le cœur brisé si tu n'étais pas à la maison au moins pour l'admirer dans le joli costume que tu lui as confectionné. Et c'est entendu, quand tu entreras à l'hôpital, elle ira habiter chez Mme Nuñez jusqu'à ton retour. C'est une bonne idée. J'ai beaucoup de travail en ce moment, et je ne veux pas qu'elle reste seule ici. »

Une expression de naïve reconnaissance éclaira le visage de Lilly. « *Grazie,* Lenny, *grazie* », murmura-t-elle en lui pressant la main.

La tunique blanche et le voile bleu étaient sur un cintre accroché au portemanteau près de la table de toilette. Au moment où Lenny tourna la tête pour les regarder, une bouffée de vent entra par la fenêtre entrouverte et souleva le voile qui flotta vers la droite, frôlant le calice posé sur la commode.

Un nouvel avertissement, pensa Lenny. Le fait que la police se soit rendue à St. Clement sept ans plus tôt à cause du vol dans l'église avait été rapporté en bonne place dans l'article du *Globe*. L'histoire du calice, accompagnée d'une photo, avait fait l'objet d'un article séparé à une autre page du journal.

Lenny aurait aimé prendre le calice et s'en débarrasser une fois pour toutes, mais c'était trop risqué. Si le vase disparaissait, Lilly en ferait tout un foin et Star le raconterait à tous ses amis.

Non, le calice devait attendre son heure, lui aussi. Pour le moment. Lorsqu'il prendrait enfin le large avec Star, Lenny était certain d'une chose : ce maudit calice finirait au fond du Rio Grande.

22

SONDRA ne supportait plus de lire un journal ni d'allumer la télévision ou la radio. L'article d'Alvirah sur le bébé avait déclenché dans les médias une tempête qui la mettait au supplice.

Le lundi soir, elle avait fouillé dans sa valise et en avait tiré un flacon de somnifères que le docteur lui avait prescrits quand elle souffrait d'insomnies. Elle n'avait jamais avalé le moindre cachet auparavant, préférant prendre son mal en patience plutôt que de recourir à un remède qui de toute façon n'était qu'un soutien artificiel. Mais cette nuit, elle n'avait pas le choix. Il fallait qu'elle dorme.

Lorsqu'elle se réveilla le mardi matin à huit heures, ses joues étaient mouillées de larmes, et elle se souvint vaguement d'avoir pleuré durant les mauvais rêves qui avaient peuplé sa nuit. Désorientée, étourdie, elle se redressa péniblement dans son lit et tenta avec précaution de poser les pieds par terre.

Pendant quelques secondes, elle eut l'impression que les murs de la chambre tournaient autour d'elle, les rideaux fleuris se mêlant au tissu rayé du canapé dans un kaléidoscope de couleurs. J'aurais mieux fait de passer une nuit blanche — ou d'avaler toutes les pilules du flacon, songea-t-elle fugitivement. Mais elle secoua la tête. Je ne suis pas lâche à ce point.

Une bonne douche bien chaude l'aida à retrouver ses esprits. Elle enfila un peignoir en éponge, enveloppa ses cheveux dans une serviette et commanda des œufs brouillés et des toasts en plus de son café et de son jus d'orange habituels.

Grand-père et Gary arrivent ce soir, se rappela-t-elle. S'ils me voient dans cet état, ils vont me demander ce qui ne va pas, me cuisiner jusqu'à ce que je leur raconte toute l'histoire. Et je dois répéter sérieusement aujourd'hui. Et encore plus demain, lorsque grand-père viendra m'écouter. Je dois lui montrer que toutes les années qu'il m'a consacrées, tous les sacrifices qu'il a faits pour moi en valaient la peine.

Elle se leva et alla jusqu'à la fenêtre. Déjà le 15 décembre, pensa-t-elle, contemplant la rue grouillante de monde en contrebas, le flot des voitures qui remontaient vers le centre de la ville, les piétons se hâtant vers leur travail.

« Le concert a lieu mercredi », dit-elle tout haut. Le jeudi suivant sera la veille de Noël — le jour où nous sommes censés rentrer à Chicago. Mais je ne partirai pas. J'irai sonner à la porte du presbytère de St. Clement, ce que j'aurais dû faire il y a sept ans au lieu de courir à la recherche d'une cabine téléphonique au bout de la rue. Je dirai au père Ferris que je suis la mère du bébé, et je lui demanderai de prévenir la police. Je ne peux vivre un seul jour de plus avec ce poids sur la conscience.

23

LE mardi matin à dix heures, Henry Brown, employé au tribunal des successions situé dans le bas de Manhattan, leva les yeux et accueillit avec un bonjour sonore une femme d'une soixantaine d'années à l'air décidé, rousse et dotée d'une mâchoire proéminente. Connaisseur de la nature humaine, Henry nota immédiatement les rides au coin de l'œil et de la bouche. C'étaient là les signes d'un aimable caractère, conclut-il, et l'irritation que trahissait le visage de la visiteuse était probablement passagère.

Il pensa l'avoir cataloguée : une parente frustrée désireuse d'examiner le testament d'un membre de sa famille qui l'avait déshéritée.

Il constata rapidement qu'il avait deviné juste en partie, mais qu'elle n'avait pas le moindre lien de parenté avec aucun testateur.

« Mon nom est Alvirah Meehan, expliqua-t-elle, je crois savoir que les testaments soumis à homologation sont des documents publics et que j'ai le droit d'en examiner un en particulier si je le désire.

— C'est exact, répondit Henry, mais la consultation doit se dérouler en présence d'un employé du tribunal.

— Je me fiche que toute la municipalité regarde par-dessus mon épaule », répondit sèchement Alvirah. Elle se radoucit immédiatement. Après tout, ce pauvre garçon était coopératif et n'y pouvait rien si elle se sentait bouillonner au moment d'examiner le testament de Bessie.

Un quart d'heure plus tard, Henry Brown à ses côtés, elle étudiait le document. « Encore le même mot, marmonna-t-elle.

— Je vous demande pardon ?

— C'est ce mot "immaculé" qui me reste à chaque fois sur l'estomac. Voyez-vous, je jurerais que la vieille dame qui a rédigé ce testament n'a jamais utilisé ce terme au cours de ses quatre-vingt-huit années d'existence.

— Oh, vous seriez étonnée de voir les formules littéraires qu'emploient les gens quand il s'agit de rédiger leur testament, dit Henry.

Bien sûr, ils font aussi pas mal de bourdes, comme “réitérer à nouveau” ou “sans se soucier de se préoccuper”. » Il s’interrompit, puis ajouta : « Je dois dire cependant que le mot “immaculé” est une nouveauté dans le genre. C’est la première fois que je le vois utilisé ici. »

Déçue d’apprendre qu’il était habituel d’introduire une expression insolite, voire recherchée, dans un testament, Alvirah n’écoutait plus. « Et ça, qu’est-ce que c’est? demanda-t-elle. Regardez la dernière page. Le testament est déjà signé.

— C’est ce qu’on appelle la clause de certification, expliqua Henry. D’après la loi de l’Etat de New York, les témoins doivent compléter cette page. Ils attestent ainsi qu’ils ont assisté à la signature du testament; et le testateur, en l’occurrence Mme Bessie Durkin Maher, doit également la signer. C’est en fait une seconde authentification du testament. Sans elle, les témoins seraient obligés de comparaître devant le tribunal au moment de l’homologation, et bien entendu, lorsqu’il s’agit de testaments établis depuis des années, les témoins peuvent avoir déménagé ou être décédés.

— Jetez un coup d’œil là-dessus, ordonna

Alvirah, soulevant deux feuilles de papier. Examinez la signature de Bessie sur le testament et ensuite sur la… comment l'appelez-vous ?… sur la clause de certification. Vous voyez ? L'encre n'est pas la même. Pourtant les deux signatures doivent être apposées le même jour, n'est-ce pas ? »

Henry Brown étudia attentivement les deux signatures. « Ce sont assurément deux encres bleues différentes, dit-il. Mais il se peut que votre amie Bessie ait estimé que l'encre était trop claire sur le testament, bien que sa signature soit parfaitement lisible, et qu'elle ait tout simplement changé de stylo. Il n'y a rien d'illégal à cela. Les témoins, eux, ont signé avec le même stylo, fit-il remarquer.

— Une des signatures de Bessie est nette, l'autre est tremblée. Il est également possible que Bessie ait signé ces papiers à deux moments différents, s'entêta Alvirah.

— Oh, ce serait parfaitement illégal !

— Je ne vous le fais pas dire !

— Eh bien, si vous avez terminé, madame Meehan… » Henry ne termina pas sa phrase.

Alvirah lui adressa un sourire. « Non, pas encore, je le crains. Je ne vous remercierai jamais assez de m'avoir consacré tout ce temps, mais je sais que vous n'aimeriez pas que nous soyons en présence d'une erreur judiciaire. »

Henry sourit poliment. Tout déshérité hurle à l'erreur judiciaire, pensa-t-il avec philosophie.

« Ecoutez, Henry, continua Alvirah. Ça ne vous dérange pas que je vous appelle Henry, n'est-ce pas ? Vous pouvez m'appeler Alvirah. » Elle n'attendit pas que Henry accepte ou non cette familiarité. « Bessie atteste ici qu'il s'agit de son dernier testament. Et moi je jure que ce truc est un faux. De plus, comment Bessie aurait-elle appris les termes exacts de cette clause de certification ? Pouvez-vous me le dire ?

— Oh, elle peut avoir prié quelqu'un de la taper pour elle, ou demandé qu'on lui apporte une copie du formulaire, dit Henry patiemment. Maintenant, madame Meehan, je veux dire Alvirah...

— Très bien, l'interrompit Alvirah. Je sais qu'il n'y a aucune preuve, mais ces signatures sont différentes, et j'affirme que Bessie n'a pas signé ces papiers au même moment. » Elle rassembla vivement ses affaires. Et, sur un « Au revoir, Henry, merci beaucoup », elle quitta les lieux d'un pas rapide, comme si elle se sentait chargée d'une mission.

Alvirah se rendit directement à l'agence de James et Eileen Gordon. Elle avait rendez-vous pour visiter un autre appartement, celui-ci sur Central Park West, une « véritable affaire à deux millions de dollars », avait dit Eileen Gordon.

Tout en feignant d'être attentive aux propos d'Eileen, qui vantait encore une fois la splendeur de la vue — limitée, en réalité, puisque l'appartement se trouvait au premier étage —, Alvirah parvint à mettre la conversation sur la signature du testament de Bessie.

« Oui, naturellement, la chère vieille dame a signé les deux documents, dit Eileen, souriant d'un air candide à ce souvenir. J'en suis sûre. Mais elle était visiblement fatiguée. C'est peut-être pour cette raison que la seconde signature tremblait un peu. Si elle a changé de stylo ? Je ne l'ai pas remarqué. A vrai dire, j'étais occupée à admirer la pièce. Cette maison est en parfait état. Bien entendu, il y a quelques petites choses, comme la porte de la salle de séjour, qui ont besoin d'être réparées, mais rien de bien sérieux. Avec les prix pratiqués aujourd'hui, je pourrais facilement en obtenir trois millions. »

Pour une fois, je crois que vous voyez juste, pensa Alvirah. Profondément découragée, elle débrancha le micro de sa broche-soleil.

24

« Ce Lenny Centino est plus malin qu'il n'y paraît, rapporta Roberto Pagano à son patron, Joe Tracy, quand ils se retrouvèrent le mercredi soir dans un lieu convenu à l'avance. Depuis notre première rencontre, il n'a plus ouvert le bec à propos des livraisons qu'il a exécutées pour cette soi-disant société d'informatique — il n'y a rien, absolument rien qui permette de l'épingler. Sans ces quelques bières qui lui ont délié la langue la première fois, je crois qu'il n'aurait jamais dit un mot.

— Et un avocat astucieux pourrait réduire à néant les charges retenues contre lui, grommela Joe. C'est pourquoi je croise les doigts pour qu'il ne se défile pas lundi soir.

— Je crois qu'il tentera le coup, le rassura Pagano. Si mon intuition est juste, Lenny songe à prendre le large. Ça devient ardu de nos jours pour les dealers de l'Upper West Side. Lenny jouera le tout pour le tout lundi, et ensuite je vous parie qu'il mettra les voiles.

— Il les mettra peut-être, mais pas pour la destination qu'il a en tête, j'espère, répliqua Tracy. Bien sûr, si Lenny accomplit son boulot jusqu'au bout, nous le coffrerons sans problème. Mais supposons qu'il devienne nerveux et nous file entre les pattes ? » Cette réflexion lui fit penser à autre chose. « Il a été chercher sa gosse à plusieurs reprises à ce foyer pour gamins, l'Arche. Comment se fait-il qu'il se transforme subitement en père modèle ?

— Peut-être veut-il seulement qu'elle se souvienne de lui une fois qu'il aura disparu dans la nature, dit Pagano avec un haussement d'épaules. Je ne l'imagine pas se collant une môme de sept ans sur les bras.

— Espérons-le. »

25

La dernière répétition de la fête était prévue dans l'après-midi du vendredi et Lenny avait tenu à y assister, expliquant aux sœurs Cordelia et Maeve qu'il serait pris par son travail le lundi suivant à l'heure de la représentation et qu'il ne voulait à aucun prix rater cette unique occasion de voir sa fille en Vierge Marie.

Affichant une expression doucereuse, il raconta que la grand-tante de Stellina était très malade, mais qu'il serait toujours là pour s'occuper de sa petite fille. « Nous ferons front tous les deux, hein, ma petite Star ? avait-il dit, caressant les cheveux qui retombaient sur les épaules de l'enfant. Il faudra même que j'apprenne à brosser cette jolie crinière. » Il sourit aux religieuses. « La *nonna* n'arrive même plus à lui attacher sa barrette. »

Les deux femmes avaient hoché la tête sans lui rendre son sourire. Puis sœur Cordelia s'était retournée et avait tapé dans ses mains. « Bon, les enfants, à vos places pour la répétition finale. Ah, te voilà, Willy ! Je craignais que tu nous aies oubliés. »

Un sourire résigné sur les lèvres, Willy venait d'apparaître en haut de l'escalier, accompagné d'Alvirah. « Cordelia, il reste encore une semaine jusqu'à Noël. Figure-toi que j'avais encore quelques achats à faire.

— Et moi j'ai accompli ma dernière tournée avec les Gordon, dit Alvirah. Ils m'ont pratiquement mise dehors aujourd'hui. Je crois qu'ils ont compris que je n'étais pas prête à déménager et ils m'ont communiqué les noms de certains de leurs concurrents au cas où je voudrais continuer à chercher un appartement jusqu'à la fin de mes jours.

— Il nous reste donc à accepter la réalité : le Seigneur veut que nous cessions nos activités après le 1er janvier, conclut Cordelia. Et tu n'y peux rien, Alvirah. Tu as tout fait pour prouver que le testament de Bessie était un faux. » Elle détourna les yeux. « Et maintenant, commençons la répétition. »

S'adressant à nouveau à Alvirah, elle baissa

le ton et fit un signe de la tête presque imperceptible en direction de Lenny. « Tu vois cet homme là-bas, c'est le père de Stellina. Va t'asseoir près de lui. Il cherche à faire bonne impression sur nous, et je suis persuadée qu'il te parlera. Vois ce que tu peux en tirer. Il ne me dit rien qui vaille. »

Cordelia avait vu juste. Lenny ne cessa de bavarder pendant toute la durée de la répétition. Il raconta qu'il avait une situation intéressante dans le Middle West et qu'il l'avait quittée uniquement parce que Star lui manquait, mais qu'il ne pouvait pas l'enlever à sa tante bien-aimée. Et il continua sur ce thème, ne s'interrompant que pour pousser des exclamations aussi bruyantes qu'inappropriées sur la gentillesse de tous ces petits enfants. Au milieu de ce flot ininterrompu de paroles, il parla aussi à Alvirah de la jolie Irlandaise qu'il avait épousée et qui était la mère de Star.

« Elle s'appelait Rose O'Grady. Nous adorions danser ensemble. Je demandais toujours à l'orchestre de jouer *Sweet Rosie O'Grady* quand nous sortions, et je lui fredonnais la chanson à l'oreille.

— Qu'est-elle devenue ? demanda Alvirah.

— C'est une chose dont je parle peu. Elle a

fait une dépression nerveuse après l'accouchement, si grave qu'il a fallu l'hospitaliser. Ensuite… » La voix de Lenny se cassa, devint presque inaudible. « Ils ne l'ont pas surveillée assez attentivement. » Il chuchota ces derniers mots avec un accent poignant.

Suicide, pensa Alvirah. « Oh, je suis navrée, dit-elle sincèrement.

— Nonna a raconté à Star que sa maman était malade, qu'elle avait dû s'en aller très loin et que nous n'aurions probablement plus jamais de ses nouvelles. Il aurait peut-être fallu lui dire tout de suite qu'elle était morte, mais Nonna persiste à dire que c'est trop tôt », expliqua Lenny, satisfait d'avoir si bien débité son scénario.

Un petit incident interrompit alors le déroulement de la répétition. Le troisième Roi mage venait de faire tomber le bol qui était censé contenir la myrrhe. « Ce n'est pas grave, Rajid, le consola Cordelia, voyant l'enfant au bord des larmes. Allons, continuez, vous tous », ordonna-t-elle tandis que sœur Maeve ramassait les morceaux.

Willy se mit au piano. Le moment était venu de jouer la scène finale. « Dors, mon enfant, dors, et que la paix du ciel descende sur toi », chanta-t-il doucement en s'accompagnant.

Agenouillés près du berceau, Stellina et Jerry levèrent les yeux. « Ses anges gardiens le Seigneur t'enverra », entonnèrent-ils de leurs jeunes voix claires.

« C'est une jolie chanson, dit Lenny. Elle me rappelle...

— Chut ! » Dieu du ciel, ne peut-il se taire, ne serait-ce que pour entendre sa propre enfant ? pensa Alvirah, qui lui aurait volontiers appliqué du ruban adhésif sur la bouche. Elle avait remarqué que les yeux de Stellina s'étaient furtivement tournés vers lui lorsqu'il avait élevé la voix, puis qu'elle avait regardé ailleurs, comme gênée.

Elle est assez fine pour savoir que son père n'est pas quelqu'un de bien, pensa Alvirah. Pauvre petite. Elle est mal fagotée aujourd'hui et tout ébouriffée. Ses cheveux sont si bien coiffés d'habitude, joliment retenus sur la nuque.

Mal coiffée, mais toujours aussi jolie, pensa-t-elle : avec ses boucles blond foncé, son teint clair, ses yeux bruns au regard si profond. Elle a une expression empreinte de tristesse. Presque une expression d'adulte. Pourquoi certains enfants ont-ils aussi peu de chance dans la vie ?

Lenny applaudit bruyamment à la fin de la répétition. « Formidable ! cria-t-il. Vraiment du beau travail ! Star, ton papa est fier de toi ! »

Stellina rougit et détourna la tête. « Ton papa est fier de toi, singea Jerry en se relevant. Tu es une si gentille petite Vierge Marie, ah ah ah !

— Il est encore temps de trouver un autre saint Joseph, l'avertit Cordelia en donnant une tape au petit garçon. Maintenant, les enfants, n'oubliez pas d'apporter vos costumes à l'école, lundi. Vous les mettrez en arrivant ici.

— J'irai chercher Star à l'école et je l'emmènerai s'habiller à la maison, dit Lenny à Alvirah. Sa *nonna* ne peut pas venir à la fête, mais elle voudrait la voir dans sa robe de Vierge Marie, et elle m'a demandé de la prendre en photo avec les autres enfants. »

Alvirah hocha la tête, l'esprit ailleurs. Elle regardait Cordelia rassembler les présents qu'offriraient les Rois mages. Les chocolats enveloppés de papier doré imitaient parfaitement l'or. Le bol peint que Maeve avait apporté du couvent pour offrir l'encens était très joli. Je trouverai un autre bol pour remplacer celui que Rajid a laissé tomber, pensa-t-elle. Puis elle remarqua que Stellina prenait la main de Cordelia et l'entraînait à part.

« Qu'est-ce qu'elles se racontent ? Des messes basses ? demanda Lenny d'un ton soudain moins aimable.

— Ça m'étonnerait. Je sais que Stellina voulait demander à sœur Cordelia et à sœur Maeve de prier pour sa tante.

— Oh, bien sûr, acquiesça Lenny après un instant de réflexion. C'est sans doute ça. »

Satisfait de l'impression qu'il croyait avoir donnée de lui-même pendant la répétition, Lenny partit avec Stellina, expliquant à la cantonade qu'il l'emmenait dîner dehors. « Maintenant que la *nonna* ne peut plus s'occuper des repas, j'imagine qu'il va falloir que j'achète un livre de cuisine », ajouta-t-il.

Alors qu'ils se dirigeaient vers le McDonald's du coin, il voulut savoir si c'était pour demander à la sœur de prier pour sa tante que Star l'avait attirée à l'écart.

« Je le lui demande tous les jours », répondit doucement la fillette. Instinctivement, elle avait compris que son père n'apprécierait peut-être pas ce qu'elle avait réellement demandé à la sœur : si Nonna lui permettait de prendre le calice en argent qui avait autrefois appartenu à l'oncle de sa mère, Rajid pourrait-il l'emporter dans l'étable pour remplacer le bol qu'il avait cassé ?

A sa grande joie, la sœur avait répondu oui. Star était certaine que Nonna lui donnerait la permission d'emporter le vase. Et quand Rajid le posera près du berceau, je prierai pour que maman, si elle n'est pas encore au ciel, vienne me voir au moins une fois.

C'était un vœu et un espoir qu'elle n'avait jamais cessé de formuler. Mais elle avait aussi la conviction — une conviction de plus en plus forte — que si le calice était donné en cadeau à l'Enfant Jésus, sa prière serait exaucée.

Sa mère reviendrait pour de bon, enfin.

26

PETER Lewis, le grand-père de Sondra, arriva dans l'après-midi du mercredi. Sondra fut à la fois déçue et soulagée en constatant que Gary Willis ne l'avait pas accompagné. « Il viendra pour le concert, lui dit son grand-père. Il avait beaucoup à faire, et je le crois aussi assez perspicace pour deviner qu'avant un concert important il vaut mieux laisser un artiste seul avec sa musique et éviter de le distraire.

— Je suis heureuse qu'il ait retardé sa venue, dit-elle, et si contente que tu sois là. Grand-père, tu as une mine splendide. On dirait que tu as rajeuni. » C'était une joie inattendue pour elle de voir son grand-père en si bonne forme. Bien qu'il souffrît toujours d'arthrite dans les doigts et les poignets, le triple pontage qu'il venait de subir lui avait donné une nouvelle vigueur.

« Tu es gentille, Sondra, répondit-il, mais tu sais, de nos jours, il suffit de te déboucher les artères pour faire des merveilles. Et à soixante-quinze ans, il paraît qu'on est à peine à l'aube de la vieillesse. »

Au moins, songea Sondra en cherchant à se réconforter, il semble assez fort pour supporter le choc lorsque je lui parlerai du bébé et de ce que je compte faire après le concert. Malgré tout, cette seule pensée la fit pâlir.

« Et toi, ma chérie, tu me sembles bien maigrichonne et nerveuse, lui dit-il sans détour. Tu as des ennuis, ou est-ce seulement le trac avant le concert ? Je croyais pourtant t'en avoir guérie. »

Elle éluda la question. « Grand-père, il s'agit de Carnegie Hall. C'est différent. »

Il passa le jeudi et le vendredi avec de vieux amis, pendant qu'elle répétait avec son professeur.

Le vendredi soir, au dîner, il lui parla de sa visite à St. Clement. Il venait d'apprendre qu'on avait volé le calice de l'évêque Santori. « Il paraît que le même soir un bébé a été abandonné devant le presbytère, dit-il en étudiant la carte avec sa concentration habituelle. Et qu'on en a parlé récemment dans la presse », ajouta-t-il. Il se tut un instant. « Sole grillée et salade, annonça-t-il, puis il leva la tête et posa sur elle un regard scrutateur. « Lorsque je t'emmène au *Cirque 2 000,* ma chérie, tu pourrais au moins faire mine de t'intéresser au menu. »

Quand il vint l'entendre travailler le lendemain, elle vit à son expression qu'il était désappointé. Elle répétait une sonate de Beethoven et, bien qu'elle fît preuve d'une remarquable technique, elle se rendait bien compte qu'il n'y avait ni feu ni passion dans son interprétation. Et elle savait que son grand-père en était aussi conscient qu'elle.

A la fin du morceau, il haussa les épaules. « Tu maîtrises parfaitement toutes les difficultés ; rien à redire. Mais tu as toujours montré une certaine retenue dans ton jeu. Pourquoi, je l'ignore. Et maintenant tu ne te laisses plus du tout aller. » Il la regarda sévèrement. « Sondra, continue ainsi et tu disparaîtras de la scène musicale aussi vite que tu y es apparue, comme ça ! » Il accompagna ces derniers mots d'un claquement de doigts. « Que se passe-t-il ? Tu restes sur la réserve avec l'homme qui t'aime, et que tu aimes aussi, si j'en crois mon intuition. Tu te montres toujours réticente à mon égard. J'ignore pourquoi, mais je l'ai toujours senti. N'y a-t-il donc rien qui t'atteigne ? »

Avec un haussement d'épaules résigné, il pivota sur lui-même et se dirigea vers la sortie du studio.

« Je suis la mère du bébé qui a été abandonné à St. Clement », lui cria-t-elle.

Il s'immobilisa et fit demi-tour, l'air à fois stupéfait et complètement bouleversé.

Le visage figé, la voix monocorde, Sondra lui raconta toute l'histoire. Les mots jaillissaient de sa bouche presque malgré elle.

Quand elle eut fini, il y eut un long silence. Puis Peter Lewis hocha la tête. « C'était donc ça. Et si je comprends bien, tu me rends responsable de cet abandon. Peut-être as-tu raison, ou peut-être pas… Là n'est pas la question. En tout cas, nous allons remuer ciel et terre pour retrouver cet enfant. Et nous en parlerons à Gary ; il peut nous aider. S'il ne comprend pas, tant pis pour lui, c'est qu'il n'est pas digne de toi. Maintenant… » Il saisit le violon de Sondra et le lui mit entre les mains. « Maintenant, joue avec tout ton cœur pour l'enfant que tu cherches à retrouver. »

Sondra cala l'instrument sous son menton et leva son archet. Quand elle s'abandonnait à son imagination, elle croyait voir sa petite fille. Mais dans la réalité, avait-elle les cheveux du même blond qu'elle, ou bruns et soyeux comme ceux de son père ? Et ses yeux — étaient-ils marron comme les siens ou noisette ? Sa relation avec cet homme avait été si brève, et il avait si peu compté pour elle, mais il lui avait donné un enfant. Je suis sûre qu'elle me ressemble, décida Sondra.

Elle a sept ans ; et elle a sûrement la fibre musicale, imagina-t-elle en posant l'archet sur les cordes. Je la sens près de moi. Elle sait que je l'aime. Oubliant la présence de son grand-père, Sondra se mit à jouer. Je ne lui ai jamais donné de nom. Comment l'aurais-je appelée ? Quel nom lui donnais-je au fond de mon cœur ? Elle chercha en vain la réponse.

Lorsque les dernières notes s'éteignirent, son grand-père attendit un long moment avant de faire un signe d'approbation. « Bien. A présent tu es mûre pour devenir une vraie musicienne. Tu montres encore un peu trop de retenue, mais c'était infiniment mieux. Tu seras bissée. Quel morceau as-tu choisi ? »

Sondra ignorait ce qu'elle allait répondre jusqu'à ce qu'elle s'entende dire : « Un simple air de Noël, *En cette longue nuit.* »

27

Le dimanche matin, Alvirah et Willy allèrent à la messe à St. Clement, où ils retrouvèrent Kate qui les invita ensuite à prendre un café chez elle.

Lorsqu'ils arrivèrent devant la maison, les Baker s'apprêtaient à sortir. « Linda et moi allons acheter les journaux du matin, annonça Vic d'un air réjoui. Pour rien au monde nous ne raterions les mots croisés du *Times*.

— J'ai connu un type qui prétendait les résoudre en entier à chaque fois, mais il paraît qu'il écrivait n'importe quelle ânerie pour remplir les cases, dit Willy. C'est peut-être un de vos copains ? »

Le sourire de Vic Baker se figea. Linda haussa les épaules et le tira par la manche. « Viens donc, chéri », le pressa-t-elle.

Willy les regarda marcher dans la rue, bras

dessus, bras dessous. « Le temps du deuil est bel et bien terminé, constata-t-il.

— Je ne comprends pas comment, perchée sur ces hauts talons, elle ne se casse pas le cou, fit remarquer Alvirah. Le trottoir est une vraie patinoire.

— Crois-moi, elle ne tombera pas, dit Kate. C'est une pro du talon aiguille — elle ne porte que ça. » Kate tourna la clé dans la serrure et poussa la porte. « Entrez vite. Ce vent vous transperce les os. »

Pendant qu'ils ôtaient leurs manteaux, elle leur proposa d'aller prendre le café dans le petit salon. « J'ai allumé une flambée ce matin et il y fait bon. Bessie s'installait toujours dans cette pièce après la messe, elle y prenait son café avec une tranche de mon fameux fondant au chocolat. »

Kate refusa l'aide d'Alvirah et les abandonna un instant pendant qu'elle allait à la cuisine.

« J'ai toujours aimé cet endroit, déclara Willy en s'asseyant dans le fauteuil de cuir préféré de feu le juge Aloysius Maher, dont le portrait les contemplait d'un air bienveillant depuis le haut de la cheminée.

— C'est une pièce merveilleuse, renchérit Alvirah, on ne fait plus ces hauts plafonds de nos jours, ni ces cheminées ouvragées. Regarde les détails des fenêtres. C'est du travail soigné. Quand je pense que cette pauvre Kate ne pourra plus profiter de tout ça ! » Elle regarda autour d'elle, et soupira. « Bon, je présume que Bessie ne m'en voudra pas si je prends place dans son cher fauteuil. Je la revois assise ici, les pieds sur le pouf, l'œil rivé sur ses feuilletons préférés — et malheur à qui l'interrompait pendant *Urgences* ou *Une femme en blanc.* Néanmoins, que fait-elle au moment ou presque de rendre l'âme ? Elle monte à l'étage pendant que Kate a le dos tourné, et la dépossède tout simplement de cette maison. En tout cas, ça veut dire que le dernier jour de sa vie elle a raté au moins un épisode de ses fichus feuilletons.

— Ils ont peut-être des séries télévisées au ciel, comme ça elle pourra connaître la suite de ses histoires », suggéra Willy.

Kate entra, chargée d'un plateau qu'elle posa sur la table basse. « Willy, dit-elle, peux-tu fermer la porte, s'il te plaît ? Vic et sa dulcinée vont rentrer d'une minute à l'autre et je n'ai pas envie qu'ils viennent nous importuner. »

A la mention des Baker, le sujet du testament revint à la surface. Instinctivement, Alvirah mit en marche le micro de sa broche-soleil.

« Bessie écrivait toujours avec le stylo du juge, et jamais avec de l'encre bleue, affirma Kate quand Alvirah lui parla des deux encres d'un bleu différent utilisées pour le testament et pour la clause de certification. Mais encore une fois, elle s'est comportée si bizarrement pendant ses derniers jours…

— Et sa machine à écrire ? interrogea Alvirah. N'a-t-elle pas dit quelque chose à ce propos le jour de Thanksgiving ?

— Je ne m'en souviens pas, répondit Kate après un instant d'hésitation.

— Passons. Elle avait une mauvaise vue, n'est-ce pas ? demanda Alvirah.

— Elle portait des doubles foyers, comme tu le sais. Mais il lui aurait fallu des lunettes plus fortes. Elle n'y voyait pas distinctement, à moins de mettre le nez sur ce qu'elle lisait.

— Donc, elle a très bien pu signer ces documents en pensant qu'il s'agissait d'une commande de pots de peinture ou je ne sais quoi. J'étais présente un jour où les Baker lui ont apporté un bon de livraison à signer. C'est lui qui lui a tendu son propre stylo.

— Tout ça ne nous sera d'aucune aide au tribunal, fit remarquer Willy. Kate, je me damnerais pour un morceau de ce gâteau. »

Kate sourit. « Inutile d'en arriver là — il y en a plus qu'il n'en faut. Bessie en raffolait, elle aussi. Elle me disait que lorsqu'elle aurait quitté cette terre elle comptait sur moi pour lui en servir une part tous les dimanches matin. Elle m'a menacée de revenir me hanter si jamais j'oubliais. »

Et ce sont les Baker qui se sont pointés, pensa Alvirah. Elle entendit un bruit dans l'entrée. « Les héritiers sont de retour, grommela-t-elle, et la consternation se peignit sur son visage quand elle vit la porte s'ouvrir et Vic pénétrer dans la pièce, le sourire aux lèvres.

— Le “onze-heures”, dit-il avec sa jovialité coutumière. C'est ainsi que les Anglais nomment ce genre de petit casse-croûte matinal. Toujours autour de onze heures. » Il fit un pas dans la pièce. « Seigneur, ce fondant a l'air succulent, Kate.

— Il est en effet succulent, dit Alvirah sans sourciller. N'aviez-vous pas réparé la porte du temps de Bessie, monsieur Baker ?

— Je l'ai réparée.

— C'est probablement pour cette raison qu'elle s'ouvre toute seule si facilement !

— Elle a besoin d'être réglée. » Visiblement

mal à l'aise, il fit mine de s'en aller. « Bon, je vais m'attaquer aux mots croisés. »

Ils attendirent que se fussent éloignés le pas lourd de Vic et le martèlement précipité des talons aiguilles de Linda. « Ce type est vraiment capable de tout avaler ! s'exclama Willy.

— C'est plus que ça, dit Kate. Il est curieux d'entendre ce que nous disons. Grâce au ciel, j'ai presque fini de débarrasser la chambre de Bessie. Il traîne toujours dans les parages. » Elle fronça les sourcils. « Tu sais, Alvirah, à propos de la machine à écrire, la barre d'espacement a également besoin d'être réglée. A moins de taper très lentement, elle saute constamment. Ça vient juste de me revenir à l'esprit. Je me trouvais dans la chambre de Bessie, l'autre jour, et je regardais cette machine en cherchant à me rappeler ce que Bessie avait dit le jour de Thanksgiving. »

Alvirah avala la dernière goutte de son café, refusant à regret une seconde tranche de gâteau. « Laisse-moi y jeter un coup d'œil », dit-elle.

Il y avait quelques feuilles de papier ordinaire sur le bureau de Bessie. Alvirah en inséra une dans le chariot et commença à taper. Chaque fois qu'elle appuyait sur la barre d'espacement, le chariot sautait plusieurs espaces, la forçant à utiliser constamment la commande de retour. « Depuis quand marche-t-elle aussi mal ?

— Au moins depuis Thanksgiving.

— Cela signifie soit que Bessie a rédigé son testament avant Thanksgiving — et dans ce cas elle a menti effrontément au père Ferris quand il l'a vue le lendemain —, soit qu'elle l'a tapé pendant le week-end, littéralement une lettre à la fois. Qui se moque de qui dans cette histoire ?

— Mais tout ça ne constitue pas une preuve, mon chou », lui rappela Willy. Il regarda les cartons empilés le long du mur de la chambre. « Kate, est-ce que tu as besoin d'aide pour les transporter ?

— Pas tout de suite. Il me reste encore une chose à empaqueter, et je n'arrive pas à la trouver. J'ai mis la chemise de nuit en flanelle rose de Bessie à laver et elle a disparu. Il y avait une trace de maquillage sur le col et je ne voulais pas la ranger sale. » Elle baissa le ton, regarda furtivement par-dessus son épaule : « Vous savez, si Linda Baker ne s'habillait pas comme une entraîneuse, je jurerais que c'est Vic qui l'a dérobée pour la lui donner. »

Dans l'après-midi, pendant que Willy regardait un match de base-ball, Alvirah s'assit à la table de la salle à manger et écouta à nouveau toutes les conversations qu'elle avait enregistrées concernant le testament de Bessie et la maison. Le front plissé, elle notait au fur et à mesure les remarques qui lui venaient à l'esprit.

Les équipes étaient à égalité, et le match arrivait à son terme quand elle s'écria : « Je crois que j'ai trouvé ! Willy, Willy, écoute-moi. Aurais-tu appelé Bessie une chère, adorable vieille dame ? »

Willy ne quitta pas l'écran des yeux. « Non. Jamais de la vie. Même dans ses meilleurs moments.

— Bien sûr que non. Elle n'avait rien d'une chère, adorable vieille dame. C'était une vieille entêtée, rude et coriace. Voilà la réponse à toutes mes questions. Et après avoir parcouru des kilomètres en compagnie des Gordon, je comprends tout, rien qu'en restant assise chez moi. »

Malgré une phase de jeu de toute beauté, Willy accorda à Alvirah toute son attention. « Qu'est-ce que tu as compris ?

— Les Gordon n'ont jamais vu Bessie, annonça-t-elle d'un ton triomphant. Ils ont vu quelqu'un d'autre signer le testament. Vic et Linda ont introduit ici un sosie pendant que Bessie regardait ses chères séries télévisées. »

Deux heures plus tard, Alvirah et Willy arrivaient chez Kate suivis de Jim et Eileen Gordon. Ils avaient déjà alerté le père Ferris et les sœurs Cordelia et Maeve qu'ils trouvèrent installés dans le petit salon avec Kate qui semblait tout aussi stupéfaite qu'eux.

« Alvirah, qu'est-ce tout ça signifie ? demanda Cordelia.

— Vous allez comprendre. » Alvirah se tourna vers Kate : « Les héritiers doivent nous rejoindre, n'est-ce pas ?

— Les Baker ? Oui, bien sûr. Je les ai prévenus de ta venue, en précisant que tu avais une surprise pour eux.

— Parfait. Kate, tu n'as jamais rencontré ces deux personnes qui m'accompagnent, n'est-ce pas ? Jim et Eileen Gordon sont les deux témoins qui ont vu — ou cru voir — Bessie signer le testament.

« Comment ça, cru voir ? s'étonna le père Ferris.

— Parfaitement. Eileen, racontez-nous ce qui s'est passé lorsque vous êtes venue ici ce jour-là. »

Eileen Gordon, le visage empreint de gravité, commença : « Eh bien, voyez-vous, nous avions emmené M. Baker visiter un duplex absolument merveilleux dans la 81e Rue Ouest, juste en face du musée. C'est un des immeubles les plus…

— Eileen, la coupa Alvirah, cherchant à contenir son irritation, dites-nous uniquement comment s'est passée la signature du testament.

— Oh oui ! Bref, Mme Baker avait téléphoné, et lorsque nous sommes arrivés ici avec son mari, elle nous a demandé d'entrer sans faire de bruit. Elle nous a annoncé qu'il y avait une vieille dame dans le petit salon qui n'aimait pas être dérangée quand elle regardait la télévision. La porte était fermée, aussi sommes-nous montés sur la pointe des pieds jusqu'à la chambre, où nous attendait Mme Maher.

— Une vieille dame dans le petit salon ! s'écria Kate. C'était Bessie !

— Alors, qui se trouvait dans la chambre ? » demanda le père Ferris.

Au même moment, le pas des Baker résonna dans l'escalier. « Pourquoi ne pas poser la question à Vic ? » suggéra Alvirah comme le couple pénétrait dans la pièce. « Vic, qui était donc cette dame vêtue par vos soins de la chemise de nuit à fleurs roses de Bessie ? Une comédienne ? Une fripouille de votre acabit qui trempait dans la combine ? » Baker ouvrait la bouche pour répondre, mais Alvirah ne lui en laissa pas le temps : « J'ai des photos de Bessie prises dans cette pièce il y a quelques semaines, le jour de Thanksgiving — des gros plans très nets. » Elle tendit les photos aux Gordon : « Dites-leur ce que vous m'avez déclaré.

— Ce n'est absolument pas la femme qui était alitée et qui a signé le testament, dit Jim Gordon en examinant les photos.

— Oui, il y a certes une ressemblance, mais ce n'est pas elle, renchérit Eileen Gordon en secouant vigoureusement la tête.

— Passons à la suite, Eileen, la pria Alvirah.

— Quand nous sommes redescendus, la porte du petit salon s'était ouverte toute seule, et nous avons aperçu une vieille dame assise dans ce fauteuil. » Elle indiqua le fauteuil de

Bessie. « Elle n'a pas tourné la tête, mais j'ai pu la voir de profil — c'était incontestablement la dame qui est sur les photos d'Alvirah.

— Peut-être n'avez-vous pas envie d'en entendre davantage, mon vieux ? fit Willy, s'adressant à Vic. Dès demain matin, Kate ira déposer une demande d'annulation du testament, les Gordon raconteront leur histoire, et dans quelques jours vous allez vous retrouver inculpés d'escroquerie, croyez-moi.

— Je pense que nous n'avons plus qu'à déménager en vitesse, dit Vic Baker sans se départir de son air jovial. Kate, ce malentendu nous force à partir tout de suite. Viens, Linda. Allons faire nos valises.

— Bon débarras. J'espère que vous irez en prison », cria Alvirah dans leur dos.

« Vous m'aviez recommandé d'apporter du champagne, dit le père Ferris à Alvirah quelques minutes plus tard, alors qu'ils s'étaient tous rassemblés dans la salle de séjour. Je comprends pourquoi, maintenant. »

Cordelia et Kate commençaient juste à entrevoir les conséquences de toute l'affaire. « Je n'aurai plus à m'en aller ! dit Kate d'une voix émue.

— Et moi je vais pouvoir continuer à accueillir les enfants ! exulta Cordelia. Remercions Dieu.

— Et Alvirah », ajouta sœur Maeve en levant son verre.

Une ombre passa sur le visage du père Ferris. « Maintenant, Alvirah, notre bonheur serait complet si vous pouviez retrouver le bébé disparu en même temps que le calice de l'évêque.

— Comme le dit toujours Alvirah, rien n'est perdu tant qu'il reste un espoir, dit fièrement Willy. Vous pouvez compter sur elle. Comme je le dis toujours, je place toute la mise sur elle. »

28

Le lundi après-midi, comme prévu, Lenny alla chercher Stellina à l'école. « Star, dit-il précipitamment, Nonna vient d'avoir un malaise, et le docteur est venu. Une ambulance va l'emmener à l'hôpital. Il faudra peut-être qu'elle y reste quelque temps, mais tout ira bien. Je te le promets.

— Tu es sûr ? » L'enfant tourna vers lui un regard scrutateur.

« Sûr et certain. »

Stellina courut en avant, et en tournant l'angle de la rue elle vit une civière que des hommes transportaient depuis la porte de leur immeuble jusqu'à une ambulance stationnée le long du trottoir. Le cœur battant, elle s'élança.

« Nonna, Nonna », cria-t-elle en se précipitant vers sa tante chérie.

Lilly Maldonado eut un faible sourire. « Stellina, j'ai le cœur un peu fatigué, mais ils vont me le guérir, et je reviendrai. Va vite te laver les mains et la figure, brosse-toi les cheveux, et enfile ton costume de Vierge Marie. Il ne faut pas que tu sois en retard pour la fête. Ton papa prendra une photo qu'il viendra me montrer. Et ce soir, après la fête, il apportera une partie de tes vêtements chez Mme Nuñez ; tu dormiras chez elle jusqu'à mon retour. »

Stellina chuchota : « Nonna, Rajid, l'un des Rois mages, a cassé le bol qui devait contenir la myrrhe. S'il te plaît, est-ce que tu me permets de lui prêter le vase de maman pour qu'il l'offre à l'Enfant Jésus ? Tu m'as dit que c'était un vase béni, qu'il appartenait à son oncle, un prêtre. S'il te plaît. J'en prendrai bien soin. Je te le promets.

— Il faut que nous partions, ma petite », dit l'ambulancier, tirant Stellina par le bras pour l'éloigner de la civière.

Les larmes montèrent aux yeux de Stellina. « J'ai fait une prière qui sera exaucée si j'apporte le vase, Nonna, je le sais. S'il te plaît, dis oui.

— Quelle est ta prière, *bambina* ? » Lilly avait la langue pâteuse sous l'effet du sédatif qu'on venait de lui administrer.

« Que ma maman revienne, dit la petite fille, les larmes roulant le long de ses joues.

— Ah, *bambina,* si seulement elle pouvait arriver avant que je meure ! Oui, oui, prends le vase, mais arrange-toi pour que papa ne le voie pas. Il t'empêcherait de l'emporter.

— Oh, Nonna, merci, merci ! Je viendrai te voir demain, c'est promis. »

Un instant plus tard, l'ambulance était partie.

« Star, dépêchons-nous », la pressa Lenny.

Un arbre de Noël et des couronnes de pommes de pin donnaient un air de fête à l'Arche. Pendant le week-end, les élèves du lycée avaient dressé une estrade qui ferait office de scène au fond de la grande pièce du premier étage. Et l'un d'eux avait accroché d'anciennes portières de velours de part et d'autre de la scène. Des chaises pliantes avaient été installées pour l'assistance, et les parents, frères, sœurs et amis des petits comédiens se pressaient dans l'entrée, envahissant joyeusement les lieux.

Alvirah était arrivée plus tôt afin d'aider Cordelia et Maeve à habiller les enfants. Cordelia parvenait à grand-peine à maintenir un ordre approximatif parmi les jeunes acteurs surexcités. A quatre heures moins dix, alors que tout le monde commençait à s'inquiéter à son sujet, Stellina arriva.

Alvirah la prit rapidement par la main. « Est-ce que ta tante t'a vue dans ton costume ? demanda-t-elle en arrangeant le voile bleu qui recouvrait la cascade de cheveux dorés.

— Non. On vient de l'emmener à l'hôpital dans une ambulance, répondit gravement Stellina. Papa a promis de prendre une photo et de la lui montrer. Vous croyez qu'elle va guérir, madame Meehan ?

— Je l'espère bien, mon petit chou. En attendant, nous allons veiller à ce qu'on s'occupe de toi pendant son absence. Tu sais que tout le monde craignait que les sœurs soient obligées de fermer le foyer ? Eh bien, grâce à un miracle, il va pouvoir rester ouvert — et nous pourrons ainsi te voir tous les jours après l'école. »

Star eut un sourire mélancolique. « Oh, je suis bien contente. Je me sens heureuse ici.

— Maintenant, va vite prendre ta place auprès de saint Joseph. Veux-tu que je garde ton sac ? » Alvirah tendit la main vers le sac en plastique que Stellina tenait à la main.

« Non, merci beaucoup. C'est le vase que Rajid doit offrir à l'Enfant Jésus. Sœur Cordelia m'a dit que je pouvais l'apporter ici. Merci, madame Meehan. »

Alvirah la regarda se hâter vers les autres enfants. Qu'avait donc de particulier cette petite fille ? Elle me rappelle quelqu'un — mais qui ? se demanda-t-elle tout en se dirigeant vers son siège.

Les lumières s'éteignirent. La fête de Noël allait commencer.

« Merveilleux ! Simplement merveilleux ! » commenta l'assistance à l'unanimité tandis que s'éteignaient les dernières notes d'*En cette longue nuit* et qu'éclataient les applaudissements. Les appareils photo crépitèrent dans tous les coins de la salle, les parents cherchant à conserver le souvenir de cet instant unique. Alvirah tira soudain sœur Maeve par la manche : « Maeve, je voudrais que tu prennes une photo en gros plan de Stellina, plusieurs, même, si c'est possible.

— Bien sûr, Alvirah. Elle était parfaite en

Vierge Marie. J'avais les larmes aux yeux en l'entendant chanter. Elle a mis tant de cœur dans ses paroles.

— C'est vrai. Elle a la musique dans le sang. »

Une pensée insensée venait de traverser l'esprit d'Alvirah, une pensée qu'elle n'osait même pas formuler tant elle lui paraissait invraisemblable. Pour commencer, je pourrais vérifier les registres des naissances, pensa-t-elle, mais, ô Seigneur Dieu, serait-ce possible ?

« J'en ai deux ou trois qui sont très bonnes », annonça Maeve quelques instants plus tard, tenant avec précaution des épreuves Polaroïd. « Elles seront plus claires une fois complètement développées. Et j'en ai pris une de Rajid en train de lui rendre son vase en argent. »

Son vase en argent. Non ! *Son calice !* pensa immédiatement Alvirah. Puis elle se chapitra. Allons, tu peux te tromper. Tu te laisses emporter par ton imagination. Cependant, il est possible de prouver tout de suite au moins une chose. « Maeve, s'il te reste encore des pellicules, veux-tu faire un gros plan de ce vase ? demanda-t-elle. Demande à Stellina de le tenir pendant que tu prends la photo. »

Willy l'appelait. « Alvirah, tu es supposée me

donner les cadeaux que je dois distribuer aux enfants. »

— Maeve, sois gentille de garder toutes ces photos pour moi, ordonna Alvirah. Ne les laisse pas traîner. »

Elle se dépêcha de rejoindre Willy. Les cadeaux étaient disposés sur une table derrière elle. « Allons-y, Père Noël, celui-là est pour José », commença-t-elle avec entrain, tandis que le petit garçon tendait les mains.

Willy l'entoura de son bras. « Attends, José. Sœur Maeve va nous prendre en photo. »

Alvirah brûlait de quitter la fête et d'aller éclaircir ses doutes, mais elle devait auparavant terminer sa tâche auprès de Willy, et il n'y avait personne pour la remplacer. Cordelia, aidée de quelques bénévoles, était occupée à offrir les boissons et les petits-fours, tandis que peu à peu l'assistance se dispersait. Consternée, Alvirah s'aperçut que Gracie Nuñez était sur le point de partir avec José et Stellina.

Elle l'appela et la brave femme se dirigea rapidement vers elle. « Où emmenez-vous Stellina ? demanda Alvirah.

— Je vais la déposer chez elle pour le moment, expliqua Gracie. Son père me l'amènera ensuite à la maison car elle doit passer la nuit chez nous. Il veut dîner avec elle d'abord, quand il sortira de son travail. Je dois m'arrêter chez ma sœur pendant quelques minutes, mais il m'a dit de pas m'inquiéter, qu'il rentrerait tôt. La petite sait fermer la porte au verrou, hein, Stellina ?

— Oui, je sais. J'espère qu'il pourra me donner des nouvelles de Nonna », dit Stellina avec ardeur.

Dix minutes plus tard, tous les cadeaux étant enfin distribués, Alvirah s'élança vers sœur Maeve et lui prit les épreuves Polaroïd des mains. Puis elle saisit son manteau.

« Que se passe-t-il, encore ? demanda Willy, la voix assourdie par sa barbe de Père Noël.

— Il faut que je montre au père Ferris certaines photos, dit-elle en pressant le pas. Rejoins-moi là-bas. »

Le père était absent, mais il ne devait pas tarder à rentrer, dit-on à Alvirah. Comptant impatiemment les minutes, Alvirah attendit dans le salon du presbytère en faisant les cent pas. Willy et le père arrivèrent en même temps, une demi-heure plus tard. « Quelle bonne surprise, Alvirah », dit ce dernier en souriant.

Alvirah abrégea les préliminaires. Elle lui tendit les photos. « Mon père, jetez un coup d'œil là-dessus. »

Il étudia la photo de Stellina prenant le vase des mains de Rajid pendant la représentation, puis le gros plan que Maeve avait pris du vase seul.

« Alvirah, questionna-t-il doucement, savez-vous ce que vous me montrez là ?

— Je crois que oui. C'est le calice de Mgr Santori. Et savez-vous qui est cette petite fille ? »

Il attendit.

« Je crois que c'est le nouveau-né qui a été abandonné à la porte de votre presbytère la nuit où l'on a volé le calice. »

29

GRACIE Nuñez raccompagna Stellina jusqu'à la porte de l'appartement qu'elle partageait avec sa grand-tante et son père. Elle la regarda entrer, l'écouta fermer le verrou. « A tout à l'heure, ma chérie », cria-t-elle depuis le hall d'entrée, puis elle s'en alla, rassurée, sachant que l'enfant n'ouvrirait à personne d'autre qu'à son père.

A l'intérieur, il faisait sombre et le silence était pesant ; Stellina sentit immédiatement la différence. En l'absence de Nonna, tout paraissait étrange et vide. Elle fit le tour des pièces, alluma les lumières, cherchant à mettre un peu de gaieté dans l'appartement. En entrant dans la chambre de sa tante, elle commença à retirer son costume, puis s'arrêta. Nonna aurait aimé la voir habillée en Sainte Vierge et elle espérait que son papa pourrait l'emmener à l'hôpital. Elle s'assit sur le bord du lit et sortit le vase du sac. Le tenir entre ses mains la réconfortait, lui donnait l'impression d'être moins seule. Habituellement, Nonna était toujours là quand elle rentrait à la maison, toujours.

A sept heures, Stellina entendit des pas précipités dans l'escalier puis dans le couloir. Ce n'est pas papa, se dit-elle, il ne court jamais.

Mais une minute plus tard des coups violents furent frappés à la porte et elle entendit la voix de son père crier : « Star, ouvre ! Ouvre donc ! »

Dès qu'il entendit le déclic du verrou, Lenny tourna la poignée et se rua dans l'appartement. Il était tombé dans un piège ! Toute cette affaire était une machination ! Il aurait dû se méfier, ragea-t-il en son for intérieur. Le nouveau dans l'équipe était un flic en civil. Le salaud ! Lenny était parvenu à se tirer dès qu'il avait compris de quoi il retournait, mais ils étaient sûrement en train de ratisser la moitié du New Jersey pour le retrouver, et ils allaient débarquer d'une minute à l'autre. Il avait dû courir le risque de revenir ici, cependant — ses faux papiers et tout son fric se trouvaient dans le sac qu'il avait préparé et laissé dans l'appartement.

Il courut dans sa chambre, s'empara du sac sous son lit. Stellina l'avait suivi et elle resta silencieuse dans l'embrasure de la porte, le regardant d'un air étonné. En se retournant vers elle, Lenny s'aperçut qu'elle tenait le calice. Ça tombait bien, se dit-il, il avait justement l'intention de l'emporter. Le plus tôt serait le mieux.

« Viens, Star, allons-y, ordonna-t-il. Il est l'heure de partir. N'emporte que ton vase. » Il savait qu'il était probablement cinglé d'emmener la gosse alors que la police était à ses trousses, mais elle était son porte-bonheur — sa bonne étoile.

« Est-ce qu'on va voir Nonna, papa ?

— Plus tard, peut-être demain. Je t'ai dit de venir. Il faut partir, maintenant. » Il la saisit par la main, la tirant derrière lui dans le couloir.

Serrant son vase contre elle, trébuchant, Stellina s'efforçait de le suivre. Sans prendre la peine de refermer la porte à clé derrière eux, il vola presque dans l'escalier — un, deux, trois étages —, tandis qu'elle essayait de ne pas tomber.

Sur le dernier palier avant d'arriver dans le

hall d'entrée, Lenny s'immobilisa brusquement et écouta. Tout va bien jusqu'ici, pensa-t-il avec un sentiment de soulagement. Encore une minute et ils auraient atteint la voiture qu'il avait volée, et ensuite, vive la liberté !

Il avait parcouru la moitié du hall quand la porte d'entrée s'ouvrit brutalement. Attirant Star devant lui, Lenny fit mine de sortir son arme. « Tirez, et c'est elle qui prendra », cria-t-il, sans beaucoup de conviction.

Joe Tracy commandait l'opération. Il n'était pas question de risquer la vie d'un enfant, même si la menace sonnait faux. « Reculez tous, ordonna-t-il à ses policiers. Laissez-le partir. »

La voiture de Lenny était garée à quelques mètres de l'immeuble. Impuissants, les policiers le regardèrent entraîner Star jusqu'à son véhicule, ouvrir la portière du conducteur, et jeter son sac à l'intérieur. « Entre et glisse-toi sur l'autre siège », lui dit-il doucement. Il eût été incapable de lui faire du mal, mais heureusement pour lui les flics l'ignoraient.

Star obéit ; seulement, quand Lenny s'installa derrière le volant et claqua la portière, il lui lâcha la main pour tourner la clé de contact. En un éclair, elle ouvrit la portière du côté passager et sauta hors de la voiture. Serrant le vase entre ses mains, son voile flottant derrière elle, elle s'enfuit à toutes jambes dans la rue.

Dix minutes plus tard, Alvirah, Willy et le père Ferris arrivèrent pour trouver Lenny menotté dans une des voitures de police. Ils montèrent jusqu'à l'appartement et apprirent que Stellina et le calice avaient disparu.

Et là, dans la salle de séjour de l'appartement où Stellina avait vécu pendant sept ans, ils racontèrent à Joe Tracy l'histoire du calice et comment ils avaient eu l'intuition que Stellina était le bébé disparu de St. Clement.

Un des policiers sortit de la chambre de Lenny. « Regardez ça, Joe. Je l'ai trouvé coincé dans la penderie, entre le rayonnage du haut et le mur. »

Joe lut le billet froissé avant de le tendre à Alvirah. « Il s'agit bien du nouveau-né disparu, madame Meehan. En voilà la confirmation. C'est le billet que la mère avait épinglé à la couverture.

— J'ai un coup de fil à passer, dit Alvirah avec un sourire de soulagement. Mais pas avant que Stellina ne soit retrouvée.

— Nos gars passent la ville au peigne fin », dit Tracy. Au même instant son téléphone portable sonna. Il écouta un moment, puis un large sourire éclaira son visage. « Vous pouvez téléphoner, dit-il à Alvira. La petite vient d'être retrouvée alors qu'elle tentait d'aller à pied jusqu'à l'hôpital Jacobi, dans le Bronx, pour voir sa *nonna.* » Il s'adressa à son interlocuteur au téléphone : « Emmenez-la jusqu'à l'hôpital en voiture, ordonna-t-il. Nous vous rejoignons là-bas. » Il se tourna vers Alvirah, qui avait décroché le téléphone posé sur une petite table : « Je suppose que vous tentez de joindre la mère de l'enfant ?

— En effet. » Pourvu que Sondra soit à son hôtel, pria Alvirah.

« Mme Lewis dîne au restaurant de l'hôtel avec son grand-père, annonça la réceptionniste. Désirez-vous que nous vous mettions en communication avec elle ? »

Lorsque Sondra fut en ligne, Alvirah abrégea les préliminaires : « Sautez dans un taxi et venez aussi vite que possible à l'hôpital Jacobi, dans le Bronx. »

L'inspecteur Tracy lui prit le récepteur des mains : « Oubliez le taxi. J'envoie une voiture de police vous chercher, madame. Il y a là-bas une petite fille qui va sûrement être heureuse de vous voir. »

Quarante minutes plus tard, Alvirah et Joe Tracy accueillaient Sondra et son grand-père dans le service de cardiologie de l'hôpital.

« Elle est ici, auprès de la femme qui l'a élevée, murmura Alvirah. Nous ne lui avons rien dit. C'est à vous de le faire. »

Le visage blanc, tremblante, Sondra poussa la porte.

Stellina se tenait au pied du lit, tournée de profil vers sa grand-tante. La lumière tamisée tombait sur les mèches dorées qui s'échappaient du voile bleu.

« Nonna, je suis contente que tu sois réveillée, et si heureuse que tu te sentes mieux, disait-elle. Une gentille dame de la police m'a amenée ici. Je voulais que tu me voies dans mon beau costume. Et tu sais, j'ai pris bien soin du vase de maman. » Elle montra le calice. « Nous nous en sommes servis pendant la fête, et j'ai dit ma prière — que ma maman revienne. Tu crois que Dieu va me l'envoyer ? »

Avec un sanglot, Sondra s'élança vers sa fille, s'agenouilla et la serra dans ses bras.

Dans le couloir, Alvirah referma la porte. « Il y a certains moments qui ne doivent pas être partagés, dit-elle fermement. Mais parfois il suffit de savoir qu'en y croyant assez fort et assez longtemps vos souhaits peuvent être exaucés. »

Épilogue

DEUX jours plus tard, le soir du 23 décembre, la salle du Carnegie Hall était comble pour le concert de gala qui réunissait plusieurs vedettes du monde musical et marquait les débuts à New York de la jeune et brillante violoniste Sondra Lewis.

Dans une des meilleures loges, Alvirah et Willy étaient assis avec Stellina, le grand-père de Sondra, Gary Willis, le père Ferris, les sœurs Cordelia et Maeve, et Kate Durkin.

Stellina, vers laquelle se tournaient de nombreux regards curieux, était assise au premier rang, ses yeux marron brillants de plaisir, inconsciente de l'intérêt qu'elle suscitait.

Pendant deux jours les journaux avaient rapporté l'histoire de la mère et de l'enfant enfin réunies, et du fameux calice retrouvé. C'était un merveilleux sujet, parfaitement approprié à la période de Noël.

Les articles étaient accompagnés de photos de Sondra et de Stellina, et comme le disait Alvirah : « Même un aveugle verrait que Stellina est le portrait de sa mère. Comment cela ne m'a-t-il pas frappée plus tôt ? »

Lorsqu'on lui avait demandé si Sondra serait poursuivie pour abandon d'enfant, le procureur avait répondu : « Il faudrait une âme plus dure que celle que me prêtent mes pires ennemis pour envisager d'inculper cette malheureuse jeune femme. A-t-elle fait une erreur en ne sonnant pas à la porte du presbytère au lieu de se précipiter au téléphone ? Certainement. A-t-elle, à dix-huit ans, tenté l'impossible pour trouver un foyer à son enfant ? C'est évident. »

Une salve d'applaudissements s'éleva au moment où le chef d'orchestre s'avançait sur le podium. Les lumières diminuèrent et la musique la plus exquise emplit la salle.

Alvirah, resplendissante dans une robe de velours vert bouteille, prit la main de Willy.

Une heure plus tard, Sondra apparut sur la scène, saluée par l'assistance enthousiaste. Le père Ferris se pencha vers Alvirah : « Comme le dirait Willy, vous avez encore réussi, Alvirah, et je n'oublierai jamais que grâce à vous nous avons récupéré le calice de l'évêque. Il est bien sûr regrettable que le diamant ait disparu, mais l'essentiel est le calice.

— C'est Willy qu'il faut féliciter, lui confia Alvirah. Si la partition d'*En cette longue nuit* ne s'était pas trouvée sur le piano, Sondra n'aurait pas fredonné la mélodie. C'est ce qui a tout déclenché dans mon esprit ; puis, lorsque Stellina l'a chantée à la fête, je n'ai plus eu d'hésitation. »

Sur la scène, Sondra levait son archet. Ils se calèrent dans leurs fauteuils pour l'écouter. « Regarde cette petite », murmura Alvirah à Willy, montrant Stellina.

L'enfant était visiblement transfigurée par le jeu de sa mère. Son visage rayonnait d'émerveillement.

Lorsque Sondra fut bissée et qu'elle commença à jouer *En cette longue nuit,* elle leva les yeux vers la loge où se tenait sa fille. Stellina se mit alors à chanter tout doucement en mesure. Pour la mère et la fille, unies par la musique, personne d'autre n'existait au monde.

Les dernières notes s'éteignirent, suivies d'un

silence. Willy se pencha vers Alvirah et chuchota : « Dommage que je n'aie pas emporté ma partition. J'aurais pu les accompagner au piano, qu'en penses-tu ? »

REMERCIEMENTS

Lorsque mon éditeur Michael Korda me téléphona pour me suggérer d'écrire un conte de Noël, ma réponse fut : « Michael, je raccroche tout de suite.

— Alvirah et Willy », ajouta-t-il rapidement, et je réfléchis. Alvirah et Willy sont mes personnages de toujours. Une année s'est écoulée depuis leur dernière histoire, et ils me manquaient.

Une si longue nuit est le résultat de ce coup de téléphone. Je souhaite que cette histoire vous plaise. Comme chaque fois, mon affection et mes remerciements vont à Michael, qui m'a poussée à l'écrire. A Michael et à Chuck Adams qui ont joué pour moi le rôle de mentors, de supporters, et littéralement d'entraîneurs sportifs pendant toutes ces longues nuits.

Merci à Gypsy da Silva, ma fidèle correctrice, et à Carol Bowie ; à Sam Pinkus, qui a exploré pour moi le monde des tribunaux et des services sociaux ; à mon attachée de presse Lisl Cade et à ma fille Carol Higgins Clark pour leurs suggestions et leurs commentaires toujours aussi perspicaces ; et, *last but not least*, merci à mon mari, John Conheeney.

Édition exclusivement réservée
aux adhérents du Club
Le Grand Livre du Mois
15 rue des Sablons
75116 Paris
réalisée avec l'aimable autorisation des éditions Albin Michel

La composition de cet ouvrage
*a été réalisée par l'**Imprimerie Bussière,***
l'impression a été effectuée
sur presse Cameron dans les ateliers
*de **Bussière Camedan Imprimeries***
à Saint-Amand-Montrond (Cher).

Achevé d'imprimer en octobre 1998.
N° d'impression : 2135-984342/4.
Dépôt légal : novembre 1998.